Mel Wallis de Vries

Himmel oder Hölle?

Weitere Titel der Autorin:

Da waren's nur noch zwei
Schnick, schnack, tot
Mädchen versenken
Mädchen, Mädchen, tot bist du
Wer sich umdreht oder lacht …
Ich sehe was, was du nicht siehst

Über die Autorin:

Mel Wallis de Vries, geboren 1973, ist in den Niederlanden DIE Autorin für Psychothriller im Jugendbuch. Ihre Titel finden sich regelmäßig auf den Bestsellerlisten wieder und werden von Jugendlichen wie Erwachsenen gerne gelesen, wie die verschiedenen Preise beweisen, mit denen die Bücher der Autorin ausgezeichnet wurden.

Mel Wallis de Vries

Himmel oder Hölle?

Übersetzung aus dem Niederländischen von Verena Kiefer

one

Dieser Titel ist auch als E-Book erschienen

FSC
www.fsc.org
MIX
Papier aus verantwortungsvollen Quellen
FSC® C014496

Titel der niederländischen Originalausgabe:
»Wreed«

Umschlaggestaltung: Cornelia Niere, München
Einbandmotiv: © Cornelia Niere, München
Satz: 3w+p GmbH, Rimpar (www.3wplusp.de)
Gesetzt aus Adobe Caslon
Druck und Einband: GGP Media GmbH, Pößneck

Printed in Germany
ISBN 978-3-8466-0123-5

5 4 3 2 1

Sie finden uns im Internet unter one-verlag.de
Bitte beachten Sie auch luebbe.de

Liebe Leser:innen,
dieses Buch enthält potenziell triggernde Inhalte. Dazu findet ihr eine Triggerwarnung auf S. 247.
ACHTUNG: Diese enthält Spoiler für das gesamte Buch.
Wir wünschen uns für euch alle das bestmögliche Leseerlebnis.

Euer Team vom ONE-Verlag

Für Roos.
So süß. So schön.

TAG: 0

ZEIT: 21:48 Uhr

Ihre goldblonden Haare bedecken das Kissen wie ein Fächer. Sie ist schön, so wie sie da liegt. Reglos. Still. Die Haut so glänzend und weiß wie Porzellan. Ich atme ihren Duft ein. Ein frisches, zitroniges Parfüm mit einem blumigen Oberton. Ich schnuppere noch etwas intensiver. Und dann rieche ich es, versteckt unter Deodorant und Körperlotion. Ein säuerlicher, abgestandener Schweißgeruch. Angst ist aus ihren Poren gesickert, kurz bevor sie das Bewusstsein verlor.

Ich nehme mein Handy und richte die Kamera auf ihr Gesicht. »Take one«, murmele ich. Unten im Bild laufen die Sekunden mit. Ihr Mund ist leicht geöffnet, und auf ihrer Unterlippe glänzt ein Speicheltröpfchen. Am liebsten würde ich es ablecken wie ein junger Hund. Aber dann wird sie wach, und das will ich nicht. Noch nicht. Ich zoome an die schwarze Augenmaske heran. Man könnte meinen, sie würde sie hässlich machen, doch sie verleiht ihr etwas Unbeholfenes. Etwas Niedliches.

Ich schwenke nach unten und filme ihren Hals, die dünnen Spaghettiträger ihres Tops und ihre milchweißen Brüste, die wie zwei Ballons in ihrem BH flach gedrückt werden. Meine Kamera wandert weiter, an ihrer Taille entlang zum Bund ihres Slips, der in die fleischigen Hüften schneidet. Ein billiges, synthetisches H&M-Teil. Offensichtlich hat sie ihn eine Größe zu klein gekauft. Warum kaufen Frauen immer zu kleine Unterhosen? Ist ihnen nicht klar, wie hässlich sie sich unter engen Hosen und Leggings abzeichnen?

Die Kamera filmt ihre Beine. Noch mehr kleine Schönheitsfehler. Die weiße Haut ist voller dicker schwarzer Stoppeln. Wann hat sie sich wohl zuletzt rasiert? Vor zwei Tagen? Drei? Ich halte die Kamera auf ihre Füße: Hornhaut an den Fersen und abgeblätterter violetter Nagellack auf den Zehen. Warum lässt sie sich so gehen?

Ich kann das nicht mehr länger mit ansehen und richte die Kamera auf mich selbst. Gedankenverloren betrachte ich meine Augenbrauen, die kantige Kinnlinie, meine weißen Zähne, das Schwarz meiner Pupillen. Ob man in meinen Augen das Feuer sehen kann, das ich in mir spüre? Das wachsende Selbstvertrauen? Ich nicke meinem Handy zu, als gäbe ich mir selbst die Erlaubnis anzufangen. Mit einem Daumenwischen schalte ich die Kamera aus.

Für einen Moment sauge ich die Stille in mir auf. Sie gehört ganz mir. Wie eine Blüte wird sie sich für mich öffnen. Und ich werde ein Blättchen nach dem anderen pflücken, bis nichts mehr da ist, wohinter sie sich verstecken kann. Ich spüre wie sich Der Schatten tief in mir regt, wie er versucht, den Schlaf abzuschütteln. Psst, noch nicht, besänftige ich ihn zurück ins Dunkel.

Es ist Zeit, sie zu wecken.

Ich hebe meine Hände. Wie Raubvögel sausen sie durch die Luft und klatschen laut zusammen. Ich stelle mir vor, wie sich die Schallwellen blitzschnell im Raum ausbreiten. Wie das Geräusch innerhalb von Nanosekunden ihr Ohr erreicht. Wie es sich in ihren Gehörgang presst und einen Weg ins Gehirn bahnt.

Ihre Nasenflügel beginnen zu zittern und weiten sich. Wie eine Katze streckt sie sich. Erst krümmt sie ihren Rücken, träge und zufrieden. Danach bewegt sie Arme und Beine. Weit kommt sie nicht. Das Seil um ihre Handgelenke und Fußknöchel hindert sie daran.

Es gibt keinen Weg zurück. Aber das ist ihr noch nicht bewusst. Sie liegt nur da, die Arme halb über ihrem Kopf, als könnte sie nicht glauben, was sie fühlt. Die Muskeln in ihren Gliedmaßen spannen sich erneut. Dieses Mal ist die Bewegung kräftiger – und das Seil schneidet ihr tiefer in Hand- und Fußgelenke.

Ich sehe, wie die Wirklichkeit zu ihr durchsickert. Ihre Atmung beschleunigt sich, und ihr Mund klappt auf. Mit aller Kraft zieht sie an den Seilen. Es rührt mich. Ist es nicht das, womit jeder geboren wird? Die Angst zu sterben? In so einem Augenblick sind wir alle gleich, und alle Unterschiede fallen weg.

»Nein!«

Ein Urschrei aus ihrem tiefsten Inneren. Wunderbar.

»H-Hilfe.«

Ihre Stimme bricht.

»H-hilf m-ir, bitte.«

Auf ihrer Augenmaske zeichnen sich feuchte Flecken ab. Wie ein Schwamm nimmt der Stoff ihre Tränen auf. Mit der Schuhspitze tippe ich auf den Boden.

Ihr Kopf ruckt hoch. »Ist da jemand? H-Hallo?«

Ich warte. Ich habe es nicht eilig.

»H-hallo?« Die Angst in ihrer Stimme schwillt an.

Ich tippe die Schuhspitze noch einmal auf.

»W-wer ist da? S-sag etwas, b-bitte.«

Ich lächele und falte die Hände. Für sie bin ich unsichtbar. Ich kann alles tun, was ich will.

Gerlos, Österreich

Frühlingsferien

17 Tage zuvor

TAG: -17

ZEIT: 16:24 Uhr

»O mein Gott!« Loulous laute Stimme schmettert durch das Appartement. »Das muss ein Albtraum sein. Wake me up, please!« Ihr Blick huscht über die vergilbten Vorhänge, die Miniküche, den verschlissenen grauen Fußboden, das klapprige Sofa. »Hier sieht's ja aus wie im hinterletzten Sozialkaufhaus!«

Mit Schwung reißt Loulou eine Tür auf. »Igittigittigitt. Das ist mit Abstand das dreckigste Badezimmer, das ich je in meinem Leben gesehen habe! Und der Geruch! Es stinkt nach Scheiße.«

Über Loulous Schulter spähe ich in ein Badezimmer, das kaum größer ist als ein Schrank. »So schlimm ist es doch nicht«, sage ich und versuche den schmuddeligen Duschvorhang und das stinkende WC zu ignorieren.

»Ich hätte Flipflops mitnehmen sollen«, seufzt Robin. »Du glaubst doch nicht, dass ich hier barfuß rumlaufe?«

»Angst vor Fußpilz?«, fragt Madelief.

»Echt jetzt, hör auf.«

Loulou ignoriert sie und geht zur nächsten Tür. »Was wird hier wohl drin sein?« Wieder reißt sie die Tür auf. »Ah, ein Schlafzimmer.«

Robin, Madelief und ich drängen uns hinter ihrem Rücken zusammen. Leicht benommen lasse ich meinen Blick durch den Raum gleiten. Ein Etagenbett, ein Schrank und graue Vorhänge vor dem Fenster. Nicht gerade gemütlich, aber auch nichts Schlimmes. Erleichtert atme ich auf.

»Bisschen ranzig«, Loulou rümpft die Nase.

Innerlich stöhne ich auf. Was hat sie denn jetzt schon wieder?

Loulou zieht eine Decke vom unteren Schlafplatz. »Schaut mal! Alles voller gelber Flecken. Die ganze Matratze ist voll davon. Kotze, Spucke, Sperma – das kann alles Mögliche sein.«

»Hör auf, Loulou.« Robin schüttelt sich. »Das ist wirklich zu eklig.«

»Zu eklig? Das ist die Wahrheit.« Loulou schaut sich um. »Wo ist eigentlich das andere Schlafzimmer? Ich sehe keine weiteren Türen.«

Robin und Madelief drehen sich um.

»Jetzt, wo du es sagst«, murmelt Robin. »Es war doch ein Dreizimmer-Appartement, oder?«

Der Beschreibung im Internet nach schon.

Tolles Dreizimmer-Appartement, großzügiges Schlafzimmer mit Etagenbett. Das praktische zweite Schlafzimmer hat ein bequemes Doppelbett und lässt sich leicht vom Wohnbereich abtrennen.

Aber wo ist dann die Tür? Verwirrt schaue ich mich um. Und dann sehe ich es. Ein schmuddeliger zugezogener Vorhang neben der Garderobe. Oh nein, bitte lass es nicht wahr sein!

Loulou hat den Vorhang ebenfalls gesehen, denn sie stiefelt

mit großen Schritten darauf zu. In einer fließenden Bewegung zieht sie ihn auf.

»Und der Albtraum geht weiter«, sagt sie nüchtern.

Wir starren auf ein Doppelbett, das zum Vorschein gekommen ist. Es ist zwischen drei Wänden eingeklemmt, sodass es nur eine einzige Methode gibt, ins Bett zu kommen: über das Fußende. Aber das Schlimmste ist eher, dass es gar kein Fenster in der Nische gibt.

»O Gott, o Gott«, murmelt Robin. »Das ist ja ein Sarg mit Kissen. Hier kann ich nicht schlafen. Ich habe Klaustrophobie.«

Loulou lässt den Vorhang fallen. Mit gespreizten Beinen baut sie sich vor uns auf. »Wer hat dieses Appartement gebucht?« Wie ein General schaut sie uns eine nach der anderen an.

Robin schüttelt den Kopf. »Ich nicht. Wenn ich diesen Urlaub geplant hätte, säßen wir jetzt in einem Fünf-Sterne-Hotel.«

»Macht es einen Unterschied, wer das gebucht hat?«, fragt Madelief. »Ich meine, ich war es auch nicht, aber sonst hätte …«

»Dann bleibt ja nur noch eine übrig«, unterbricht sie Loulou. »Danielle!«

Alle drei sehen mich an. Großartig.

»Auf den Fotos sah es ganz anders aus«, höre ich mich selbst zur Verteidigung sagen. »Viel großzügiger und auch sehr schön eingerichtet.«

»Auf den Fotos?«, wiederholt Loulou kühl.

»Ja, du weißt schon, die Fotos im Internet. Diese Schlafnische sah aus wie ein echtes Schlafzimmer«, schnattere ich, »und die Küche war auch viel größer!«

Loulou schüttelt den Kopf, als könne sie es nicht glauben. »Schon mal was von Weitwinkel gehört? Oder Photoshop? Fotos lügen immer. Du hättest die Bewertungen im Internet lesen müssen. Hast du?«

Ich zucke mit den Schultern.

»Also nein«, seufzt sie.

Es ärgert mich, dass sie die Wahrheit so leicht von meinem Gesicht ablesen kann.

»Das nächste Mal kümmere ich mich selbst«, sagt Loulou herablassend. »Dann weiß ich wenigstens, dass es gut ist.«

Loulou ist meine Freundin, weil sie immer so ehrlich und geradeheraus ist. Aber diese Eigenschaft geht mir jetzt auf die Nerven. Sie sollte mir dankbar sein, dass ich diesen Wintersporturlaub organisiert habe! Als wäre das so einfach gewesen. Ich bin fast verrückt geworden von all den Wunschlisten. Robin wollte unbedingt ein Appartement im Zentrum von Gerlos. Loulou bestand auf ein Appartement in der Nähe des Skilifts. Außerdem durfte es auch nicht mehr als 300 Euro kosten. Eigentlich war Madelief die Einzige, die keine lächerlichen Ansprüche hatte. Nach langem Suchen habe ich dieses Appartement gefunden: vier Nächte für 299 Euro, inklusive Busreise.

Loulou zieht ihr Handy aus der Tasche. »Mal schauen. Wie heißt die Hütte hier?«

»Appartementkomplex Edelweiß«, antwortet Robin hilfsbereit.

Ich werfe ihr einen vernichtenden Blick zu, aber Robin tut, als würde sie ihn nicht bemerken.

»Bingo, gefunden!«, ruft Loulou kurz darauf. »Edelweiß hat bei Tripadvisor eine durchschnittliche Beurteilung von 4,8 bekommen. Ein dickes Ungenügend also.« Sie schaut zu mir hinüber. »Schon was anderes als deine Fotos, was?«

Ich balle meine Hände zu Fäusten. Zähl bis zehn, Dany! Oder bis zwanzig. Wir haben Urlaub. Das ist keinen Streit wert.

»Mal sehen, was steht hier sonst noch?«, fährt Loulou fort. »Es ist heruntergekommen, verdreckt. Ein schlechtes Preis-Leistungs-Verhältnis. Die Betten sind …«

»Hast du auch eine Austaste?«, unterbricht Madelief sie.

Loulou schweigt.

Endlich, denke ich.

»Eine was?«, fragt sie nach einigen Sekunden.

»Eine Austaste«, wiederholt Madelief trocken. »Du weißt schon, so eine Taste, mit der man dein Genörgel abstellen kann.«

»Findest du denn, dass ich herumnörgele?« Loulou klingt aufrichtig erstaunt.

»Ja.«

»Aber das ist doch wirklich ein Mega-Scheiß-Appartement! Oder spinne ich jetzt?«

»Nein.« Madelief schüttelt den Kopf, und ihre braunen Locken hüpfen auf und ab. »Die Unterkunft ist wirklich schrecklich. Aber werft doch mal einen Blick nach draußen.«

Wir starren alle vier zum Fenster. Die verschneiten Berggipfel leuchten goldgelb im Sonnenlicht. Es ist, als hätte man eine Ansichtskarte an die Fensterscheibe geklebt, so atemberaubend schön ist die Aussicht.

»Deswegen sind wir doch nach Gerlos gekommen, oder?«, fragt Madelief. »Zum Skifahren und für den Après-Ski. Also was kümmert uns dieses Appartement?«

Sie stellt ihre Tasche auf das Doppelbett in der Nische. »Dany und ich schlafen hier, Robin und Loulou im anderen Zimmer.«

Robin faltet ihre Hände, als wäre sie tiefgläubig. »Danke, Gott. Danke, Madelief.«

»Es ist jetzt halb fünf«, sagt Madelief. »Wenn wir uns beeilen, können wir uns noch schnell Skier mieten und einen Skipass kaufen.«

»Ich hoffe, das Dorf ist schöner als das Appartement«, meint Loulou.

»He!« Madelief hebt ihren Zeigefinger. »Was habe ich gerade gesagt? Nicht nörgeln. Du darfst dich ruhig auch bei Dany bedanken, dass sie das Ganze organisiert hat.«

Loulou seufzt. »Sorry, dass ich so rumnörgele, Dany. Ich finde es wirklich sehr nett von dir, dass du diesen Wintersporturlaub organisiert hast.«

Meint sie das ernst? Ich forsche in ihrem Gesicht nach Spuren von Spott, aber der Blick in ihren Augen ist freundlich.

»Es tut mir auch leid«, gebe ich widerwillig zu. »Dieses Appartement ist wirklich ein wenig …« Ich schaue um mich, auf der Suche nach dem richtigen Wort. »Anders als auf den Fotos.«

»BFF again?«, fragt Loulou.

Ich nicke.

»Schön, dann gehen wir jetzt raus«, sagt Madelief. »Ich brauche wirklich frische Luft nach dieser grässlichen Busreise.«

TAG: -16

ZEIT: 10:21 Uhr

Mein Magen dreht sich, und meine Beine sind wie aus Gummi. Ich fühle mich wie am Rande des Grand Canyons, so steil ist diese Piste. Ich hätte nicht mitgehen sollen. Aber die schwarze Piste wäre so einfach, hatte Loulou gesagt. Schwarz ist in Österreich wie blau. Also wirklich auch für Anfänger. Von wegen. Ich traue mich weder vor noch zurück.

Robin, Madelief und Loulou sind wahrscheinlich längst unten. Soll ich sie anrufen und anflehen, mir zu helfen? Aber was dann? Sie können mich wohl kaum den Berg runterrollen. Ich gratuliere mir selbst zu meiner Unbeholfenheit. Es gibt nur eine Lösung: Ich muss selbst runterfahren. Ich hole tief Luft und stelle meinen Bergski in einen spitzen Winkel zum Talski und halte mich mit den Skistöcken. Von allen Seiten schießen Skifahrer und Snowboarder an mir vorbei und machen mich damit noch nervöser.

Ich nehme all meinen Mut zusammen und verlagere mein Gewicht vom Talski auf den Bergski. Ganz langsam drehe ich mich um die eigene Achse, bis die Skispitzen ins Tal weisen. Ich fange an zu gleiten. Schneller und immer schneller. Der Berg saust mit einem Affenzahn an mir vorbei. Was soll ich machen, was soll ich nur machen? Mein Skiunterricht vom vergangenen Jahr – wie weggeblasen. Ich bin … und dann höre ich die Stimme meines alten Skilehrers in meinem Kopf: »Gewicht auf den Talski! Jetzt!« Ohne zu zögern mache ich, was er sagt.

Die Welt kommt allmählich wieder in die richtige Perspektive. Ich bremse und lehne mich keuchend auf meine Stöcke. Schwindelig starre ich nach unten. Die Tiefe zieht an mir wie ein unsichtbares Seil. Nicht hinschauen, nicht nachdenken. Einfach noch einen Bogen, sonst stehst du heute Abend noch hier. Zitternd setze ich mich in Bewegung. Wieder schießt der Berg vorbei, aber dieses Mal stütze ich mich mit vollem Gewicht auf den Talski. Ich drehe! Sofort schwinge ich in den nächsten Bogen. Und noch einen. Und noch einen. Meine Arme flattern neben meinem Körper, mein Hintern ragt nach hinten, aber es ist mir egal – wenigstens komme ich hinunter!

Die Piste wird flacher und geht in einen Pfad über. Ich habe es geschafft! Das letzte Stück lege ich im Pflug zurück. Mir zittern die Beine, und mein Shirt klebt an meinem verschwitzten Rücken. Unten am Hügel sehe ich Loulou, Madelief und Robin. Drei Pünktchen, die immer größer werden. Loulou lehnt gelangweilt an ihrem aufrechtstehenden Snowboard. Madelief und Robin sitzen nebeneinander im Schnee.

»Wo kommst du denn her?«, ruft Loulou, als sie mich entdeckt. »Wir warten schon seit einer Stunde auf dich. Weißt du eigentlich, wie kalt es ist?«

Ich bremse, noch einigermaßen würdevoll, hoffe ich. »Ich … hing … oben … auf … dem … Berg … fest«, keuche ich und denke: Wegen dir, du blöde Nuss.

»Fest? Wieso? Das ist wirklich die leichteste schwarze Piste, die ich kenne. Wo um Himmels willen hast du Skifahren gelernt? In Marokko oder so?«

Es ist weniger die doofe Bemerkung als ihr Ton: arrogant,

überheblich. Sie hat leicht reden. Ihr fällt jede Sportart leicht. Hockey, Tennis, Schwimmen, Turnen, Snowboarden – in allem ist sie die Beste.

»Tu doch nicht so, Lou. Das war schon eine kniffelige Piste«, sagt Madelief, während sie aufsteht. »Und Dany hat erst letztes Jahr Skifahren gelernt.«

»In Saalbach«, kann ich mir nicht verkneifen zu sagen.

»Ach ja, das war der letzte Urlaub, in dem deine Eltern noch zusammen waren, oder?«, fragt Loulou achtlos. »Wusste dein Pa da eigentlich schon, dass deine Mutter mit einem anderen rummacht? Oder hat er das erst nach dem Urlaub herausgefunden?«

Bäm. Es fühlt sich an, als hätte sie mir mit voller Wucht in den Magen geboxt.

»Das hat er erst ein paar Monate später rausgekriegt«, sage ich und versuche meine Tränen zurückzuhalten. Ich will in diesem Urlaub gar nicht an meine Eltern denken. Und auch nicht an Stan. »He, schaut mal.« Ich deute ins Tal. »Ist das nicht eine Almhütte?«

Ablenkungsmanöver gelungen! Alle drei schauen in Richtung meines Fingers, der zu einer hölzernen Berghütte mit großer Terrasse zeigt.

Robin springt auf. »Yes, eine Cola light in der Sonne.«

»Es ist halb elf!«, ruft Loulou. »Wir sind erst eine Piste gefahren.«

»Ich habe eigentlich auch Lust auf eine Cola«, sagt Madelief.

»Ihr seid vielleicht ein paar Luschen«, murrt Loulou. »Wir sind doch zum Skifahren und Snowboarden hier.«

»Und zum Trinken«, sagt Robin. »Wer will eine kurze Pause?«

Drei Hände heben sich.

»Sorry, Lou, aber du bist überstimmt«, sagt Robin und klickt ihre Skier fest.

»Das ist wirklich göttlich«, murmelt Robin und kuschelt sich in ihren Liegestuhl. Sie sieht aus wie ein Filmstar mit ihrer weißen, schmal geschnittenen Skihose, der rosafarbenen Daunenjacke, den blonden Haaren und der Piloten-Sonnenbrille. »Burn Baby Burn.«

»Willst du meine Sonnenmilch?«, fragt Madelief im Liegestuhl neben ihr. »Faktor 30.«

»Nein, danke«, sagt Robin. »Ich bekomme nie Sonnenbrand.«

»Das ist ja wohl nicht dein Ernst?«, schnaubt Loulou, die auf Robins anderer Seite sitzt. »Bei den blonden Haaren bist du garantiert Hauttyp 1. Ich sehe schon die ersten Falten.«

Robin schielt über den Goldrand ihrer Sonnenbrille und hebt einen Mittelfinger. »Schon mal was von Botox gehört?«

»Schon mal was von Hautkrebs gehört?«, kontert Loulou. »Aber besser du als ich.«

»Dann gib mir mal die Sonnenmilch«, sage ich.

»Fang.« Madelief wirft die Tube über Robin und Loulou zu mir hinüber. Sie landet auf meiner Skihose.

Ich drücke einen dicken Klecks auf meine Hand und fange an, mich einzucremen. Ich habe die blonden Haare meines Vaters und die blasse Haut meiner Mutter geerbt und bekomme immer Sonnenbrand. Mit geschlossenen Augen rutsche ich in meinem Liegestuhl nach unten. Die Sonne dringt durch alle Lagen meiner Skikleidung bis auf meine Haut. Ich öffne den Reißverschluss meiner Jacke. Das ist ein seltsames Gefühl: Von vorn ist es, als läge ich zum Sonnenbaden am Strand, von hinten wird mir eiskalt.

»Huhu! Wir sitzen hier!«, höre ich Robin brüllen.

Ich spähe durch die Wimpern. Robin ist aufgestanden und winkt, als hinge ihr Leben davon ab.

»Ich glaube ja nicht, dass dieser Kellner Niederländisch spricht«, sagt Loulou.

»We're here!«, brüllt Robin noch etwas lauter. »Wir sind hier!«

Die Augen des Obers finden sie wie ein Magnet. Er trägt ein grünes Hemd und eine kurze Lederhose. Grinsend kommt er auf uns zu und ignoriert den Rest der übervollen Terrasse.

»Schickes Höschen«, ruft Robin über ihre Schulter.

»Psst, gleich hört er dich noch.«

»Unsinn, der ist noch lange nicht hier. Der Typ …«

»Guten Tag.« Der Kellner steht vor Robin.

»Ups, doch schneller als erwartet«, murmelt sie und fährt dann auf Deutsch fort: »Hallo, wir möchten etwas bestellen.«

»Aber natürlich. Es gibt Getränke, warme Speisen … Oder möchten Sie lieber eine unserer … Spezialitäten?« Der Typ macht ein Gesicht, als hätte er sich selbst auch auf die Karte gesetzt.

»Was sagt er?« Robin schaut uns fragend an. »Ich verstehe kein Wort.«

»Er fragt, was du haben willst«, übersetzt Loulou und seufzt.

»Ja, hallo, das habe ich auch noch verstanden.« Robin verdreht die Augen. »Aber was sind diese Speziali-noch-was-Dinger?«

»Spezialitäten. So schwer ist das doch nicht.«

Der Kellner schaut verblüfft von Robin zu Loulou. »Gibt es ein Problem?«

»Nein!« Loulou schüttelt den Kopf. »Wir möchten gern zwei Cola light, einen Kaffee und …«

Sie dreht den Kopf zu mir und fragt: »Was willst du, Dany?«

»Heißer Kakao mit Schlagsahne. Und ein Stück Apfelstrudel, bitte.«

»Apfelstrudel?«, wiederholt Loulou. »Geht's noch? Wir sind doch hier nicht bei deiner Mutter in Vught zum Kaffee.«

Ich sehe Loulou verärgert an, aber sie hat sich schon zum Kellner umgedreht. »Kein Apfelstrudel, nur ein heißer Kakao mit Sahne. Das war alles.«

»Ich bin gleich wieder da.« Er zwinkert Robin zu und geht.

»Lieber Himmel, man könnte meinen, der gefällt dir«, meint Madelief, als er außer Hörweite ist.

»Ich finde ihn auch knackig«, sagt Robin grinsend. »Dumm, aber knackig.«

»Wie du also«, stichelt Loulou.

»Bitch!« Robin wirft einen Handschuh nach Loulou, die kreischend vor Lachen zur Seite abtaucht.

»Hört doch mal auf mit dem Gezanke, bitte.« Madelief verzieht das Gesicht. »Da kommt er.«

»Jetzt schon?« Loulou wirft den Handschuh zu Robin zurück. »Hat der Typ vielleicht ADHS?«

»Heißer Kakao mit Sahne?«, fragt der Kellner mit einem vollen Tablett in den Händen.

»Ja«, sage ich.

»Die Colas sind für …?«

»Was sagt er jetzt wieder?«, fragt Robin gähnend und scheint plötzlich alles Interesse verloren zu haben.

»Für wen die Colas sind«, sagt Loulou.

»Me! Für mir«, ruft Robin.

»Für mich«, verbessert Loulou. »Vierter Fall, durch, für, gegen, ohne …«

»Ja, ja«, unterbricht Robin sie. »Wenn du sowieso alles besser weißt: Übernimmst du das hier? Nachher zahlen wir alle was in die Urlaubskasse ein.«

Loulou zuckt mit den Schultern. »Von mir aus.«

»Die zweite Cola für Sie?«

»Für das Mädchen da.« Loulou zeigt auf Madelief. »Und für *mich* …« – sie wirft Robin einen kurzen Blick zu, aber die tut, als würde sie es nicht hören –, »ist der Kaffee.«

»Das macht insgesamt 11 Euro 95.«

Loulou fischt ihren Geldbeutel aus ihrer Snowboardhose. Sie bezahlt mit einem Zehner und einem 2-Euro-Stück.

»Keep the change«, sagt sie, ohne mit der Wimper zu zucken.

»Äh, ja, danke.« Der Kellner steckt die 5-Cent-Münze in seine Tasche.

»Und jetzt, ciao!« Robin wedelt mit der Hand, als wollte sie eine lästige Fliege davonjagen.

»Ciao«, sagt der junge Mann und dreht sich hölzern um. Fast habe ich Mitleid mit ihm: Wenn Loulou und Robin so richtig in Fahrt kommen, werden sie zu Hexen.

»Auf den Urlaub!« Madelief hebt ihre Cola light.

»Auf drei Tage ü-ber-haupt nichts tun«, prostet Robin uns zu.

Loulou und ich halten unsere Becher hin.

Neben den Cola-light-Fläschchen sieht mein heißer Kakao mit Sahne fett und süß aus. Und ich wirke sowieso schon so riesig in meiner Skihose. Das Bild von einem Elefanten in Skiklamotten steigt in mir auf. Nein! Ich schiebe das Bild zur Seite. Das Ich-bin-zu-dick-Syndrom habe ich in Amsterdam gelassen, zusammen mit allen anderen Sorgen wegen zu Hause. Ich habe keine Lust mehr, ein Trauerkloß zu sein. Ich trinke einen großen Schluck Kakao, wobei meine Nasenspitze fast in der Sahne verschwindet. Mit der Zunge schlecke ich mir über die Lippen.

»Hot guy-Alarm!«, zischt Robin. »Dort rechts, beim großen Picknicktisch.«

Ich schaue nach rechts. Drei Jungs um die zwanzig kommen auf uns zu. Ich sehe sofort, welchen Robin meint: den mittleren. Er hat tiefschwarze Haare, eine leicht gebräunte Haut und ist mindestens einen Kopf größer und viel breiter als seine beiden Freunde. Ich kenne diese Art von Typ: selbstsicher, blendendes Aussehen und vollkommen unerreichbar.

»Der mit den dunklen Haaren wäre echt was für dich, Lou«, flüstert Robin.

»Hm-m«, murmelt Loulou.

Die Jungs gehen an Robin, Madelief und Loulou vorbei; unmittelbar vor meinem Stuhl bleiben sie stehen. Der mit den dunklen Haaren steht nur wenige Zentimeter von mir entfernt. Ich kann die Webstruktur seiner schwarzen Snowboardhose erkennen, die Knötchen auf seinem Fleecepullover. Als mein Blick noch weiter hochwandert, sehe ich, dass er mich anstarrt. Seine Augen sind goldbraun mit einem gelben Rand um die Iris. Ich habe noch nie solche Augen gesehen. Es ist, als würde die Welt immer kleiner, als gäbe es Robin, Loulou und Madelief nicht mehr, als würden alle Geräusche verstummen. Ich höre nur noch meinen eigenen Atem und das Klopfen meines Herzens.

Plötzlich leuchten seine Augen auf, als hätte er etwas sehr Witziges gesehen. Seine Mundwinkel ziehen sich spöttisch nach oben. Was ist wohl so lustig?, frage ich mich ein wenig unbehaglich.

Als könnte er Gedanken lesen, zeigt er mit dem Finger auf seine Nasenspitze und dann auf mich. Nase? Was ist mit meiner Nase? Gedankenverloren berühre ich mein Gesicht. Und dann fühle ich ihn, den dicken Sahneklecks. *Oh, shit!*

»*Hi stranger*«, höre ich Loulou heiser sagen. »*Looking for something?*«

Der Dunkelhaarige verlagert seinen Blick auf Loulou. Schnell wische ich mir mit dem Ärmelbündchen die Sahne von der Nase.

»Mag sein«, antwortet er mit einer dunklen, warmen Stimme.

Loulou fährt sich mit einer Hand durch die langen dunkelbraunen Haare. »Sieh an, ein Niederländer! Woher kommt ihr?«

»Amsterdam.«

»Wir auch.« Loulou wirft den Kopf in den Nacken und lacht. »So ein Zufall.«

»Ja.« Er sagt es sehr bedächtig, als hielte er es gar nicht für einen Zufall.

Ich schaue in sein Gesicht. Nichts lässt erahnen, dass er zuerst nach mir geschaut hat.

»He, Dante.« Einer seiner Freunde stößt ihn an. »Weiter geht's. Ich will zu dieser geilen schwarzen Piste in Königsleiten.«

Sein Freund sieht mich unter seiner gestrickten Grunge-Mütze genervt an. »Kannst du mal ein Stück rutschen mit deinem Stuhl? Dann können wir vorbei.«

»Ja, klar«, murmele ich, während ich Platz mache. Plötzlich fühle ich mich sehr dumm. Deswegen war dieser Dante also vor meinem Stuhl stehen geblieben: Nicht, weil er mich interessant fand, sondern weil ich den Weg blockiert habe.

Esel bleibt Esel, höre ich die Stimme meiner Mutter wieder in meinem Kopf. Gott, wie ich diese Art von Bemerkungen hasse. Manchmal bin ich froh, dass sie nach Vught gezogen ist.

»Vielleicht sehen wir euch nachher beim Après-Ski«, ruft Loulou den Jungs hinterher. »Habt ihr einen guten Tipp?«

Der mit der Strickmütze dreht sich um. »Wir waren gestern im *Cin Cin*. Das ist die runde Holzbar beim Übungshügel. Paar Niederländer zu viel, aber sonst ganz okay. Bis später!«

Ich schaue den Jungs hinterher, bis sie außer Sicht sind.

»Diesen Dante hast du in der Tasche, Lou«, sagt Robin und grinst. »Hast du gesehen, wie er guckte? *He wants you.*«

»Wer nicht«, sagt Loulou gespielt gelangweilt. Sie wirft einen Blick auf ihre Uhr. »Kommt, lasst uns wieder Skifahren. Ich verplempere hier schon seit sechsundvierzig Minuten meine Zeit.«

TAG: -16

ZEIT: 17:24 Uhr

Ich schaffe es nicht.

Meine Augen tränen, meine Wangen sind wie eingefroren und ich kann kaum atmen, so müde bin ich. Ich werde wirklich nie wieder Wintersport machen. Ich weiß nicht, wie oft ich mir das schon gesagt habe. Wieder bin ich die Letzte, wieder warten Loulou, Robin und Madelief unten an der Piste. Ich kann sie etwa zehn Meter unterhalb von mir sehen. Aber bevor ich dort bin, muss ich erst noch an einem eisigen steilen Felsstück vorbei. Verkrampft fahre ich einen Bogen.

»Da-ny!«, höre ich Robin rufen. Ungeduldig schwenkt sie ihren Skistock. »Fahr einfach geradeaus im Schuss runter! Das ist der Übungshügel. Hier fahren tagsüber die Kinder. Leichter geht es echt nicht.«

Ich schüttele den Kopf. Geradeaus nach unten ist für mich gleichbedeutend mit Selbstmord. Vorsichtig fahre ich noch einen Bogen. Meine Skier schlittern über eine Eisplatte. Ich fuchtele mit den Armen und lehne mich nach hinten. Mit Karacho knalle ich in einen Schneehaufen, wodurch ich fast aus den Skiern fliege. Ich höre Loulou und Robin lauthals lachen und fühle mich noch elender. Rutschend lege ich die letzten Meter zurück.

»Mannomann«, sagt Loulou mit einem Blick auf ihre Uhr.

»Es ist halb sechs. Das heißt, du warst fast eine Stunde auf dieser Piste, für die der durchschnittliche Skifahrer oder Snowboarder …«, sie tut so, als würde sie intensiv nachdenken, »zehn Minuten braucht. Herzlichen Glückwunsch zu diesem neuen *Slowspeed*-Rekord. Du könntest bestimmt bei den Olympischen Winterspielen für Schnecken mitmachen.«

Was für eine fiese Bemerkung! Wenn ich etwas sagen könnte, würde ich Loulou jetzt anschnauzen. Aber ich brauche all meinen Atem für meine Lunge.

»O mein Gott, ist es schon halb sechs? Gleich sind alle Tische besetzt«, sagt Robin jammernd. »Es ist bestimmt schon mordsvoll da drin. Um sechs beginnt die Happy Hour.«

Ich schaue zu dem runden Holzgebäude auf der anderen Seite der Piste. Die Fensterscheiben sind beschlagen, und an der Fassade steht in großen roten Buchstaben: CIN CIN. Es sieht aus wie ein Zirkuszelt aus Holz.

»Sonst geht ihr doch schon mal«, schlägt Madelief vor. »Ich warte auf Dany.«

Irgendwie hoffe ich, dass Loulou und Robin sagen: »Unsinn, wir gehen alle zusammen. Was sind schon ein paar Minuten?« Aber das sagen sie nicht.

»Super Idee«, sagt Robin, ohne auch nur eine Sekunde zu zögern. »Dann sehen wir euch gleich im *Cin Cin.* Ciao, Mädels.«

Laut lachend ziehen Loulou und Robin los.

Ich fühle mich wie ein Müllsack, der an den Straßenrand gestellt wurde. So, der wäre weg, höre ich Loulou und Robin fast denken.

»Soll ich dir mit den Skiern helfen?«, fragt Madelief.

»Nein«, murmele ich. Mit der Spitze meines Skistocks versuche ich, meine Bindung zu öffnen, woran ich jedoch hoffnungslos scheitere.

»Klappt es, Dany?«

Ich zucke mit den Schultern und schaue sie nicht an.

Madelief stellt sich direkt vor mich, sodass ich ihrem Blick nicht mehr ausweichen kann. In ihren grauen Augen liegt ein besorgter Blick. Sie macht ein Gesicht, als wäre ich unheilbar krank und hätte nicht mehr lange zu leben.

Plötzlich breche ich in Lachen aus. »Nächstes Jahr fliege ich nach Curaçao in den Urlaub!«

»Zum Wasserskifahren?«, fragt Madelief trocken, und ich muss noch heftiger lachen.

»Komm, lass mich mal machen«, sagt sie. Mit ihrem Skischuh drückt sie meine Bindungen auf. Meine Beine zittern, als ich die Schuhe von den Skiern nehme.

Madelief bückt sich und schultert nicht nur ihr Paar Ski, sondern auch meins.

»Du brauchst sie nicht zu tragen«, protestiere ich.

»Die paar Meter überlebe ich schon«, sagt sie mit einem Augenzwinkern, während sie auf das *Cin Cin* zugeht. »Dann kannst du dich ein bisschen ausruhen und die Aussicht genießen.«

»Aussicht?« Erstaunt schaue ich mich um. Die untergehende Sonne färbt den Himmel knallrosa, und an den Rändern wird er blauviolett. Der Tag ist zu Ende, aber der Abend hat noch nicht begonnen.

»Schön, was?«, sagt Madelief.

Ich nicke.

»Morgen schneit's«, sagt sie leicht keuchend. »Hab ich auf einem Schild am Skilift gesehen.«

»Hm-m«, antworte ich, während ich Visionen von mir in

einem Schneesturm bekomme. Morgen gehe ich bestimmt nicht auf den Berg. Sollen Robin und Loulou doch machen, was sie wollen.

Madelief stellt unsere Skier in einen Ständer. Aus dem *Cin Cin* dröhnt ein schwerer Bass. Ich erkenne das Stück: »Zij gelooft in mij« von André Hazes. Geht's noch schlimmer?

»Komm«, sagt Madelief und drückt die Tür auf.

Warme, feuchte Luft schlägt mir ins Gesicht. Hinter Madelief betrete ich die Hütte. Es sieht aus, als wäre ich in einer niederländischen Kneipe. An den Wänden hängen blau-weiße Schilder mit Ortsnamen: Staphorst, Hengelo, Utrecht, Veenendaal … Und die Bar ist in den Farben der niederländischen Flagge gestrichen.

»Wo sind wir denn jetzt wieder gelandet?«, seufzt Madelief. »Und das alles nur, weil dieser Dante gestern auch hier war. Herzlichen Dank, Loulou.«

Dante! Ich will es nicht, aber ich mache es doch: Aus den Augenwinkeln suche ich die Menschenmenge ab.

»Siehst du Loulou und Robin irgendwo?«, höre ich Madelief neben mir sagen.

»Äh, nein«, antworte ich. Erwischt! Ich habe noch keine Sekunde an Loulou und Robin gedacht.

»Ah, dort sind sie.« Madelief zeigt zu einem Stehtisch schräg gegenüber der Bar.

»Na endlich«, sagt Loulou, als sie uns bemerkt. »Hier, wir haben schon mal für euch mitgeordert. Es ist irre viel los an der Theke. Wir haben auch Pizza bestellt, aber die kommt erst gleich.«

Ein großer Bierkrug wird mir in die Hände gedrückt. Wie viel wird da drin sein? Ein halber Liter? Oder ein ganzer?

Wir prosten uns zu.

»Wer zuerst sein Glas leer hat!«, ruft Loulou und beginnt, ihr Bier mit großen Schlucken auszutrinken.

Ich sehe angewidert zu. Warum muss Loulou nur immer aus allem einen Wettbewerb machen? Und »verlieren« gibt es in ihrem Wörterbuch nicht.

»Gewonnen!« Loulou rülpst und knallt den leeren Krug auf den Tisch.

Robin pfeift. »Respekt.«

»Wollt ihr ein witziges Video von heute sehen?«, fragt Loulou mit einem schiefen Grinsen. Ich kenne diesen Gesichtsausdruck. So grinst sie immer, wenn sie was Hinterhältiges vorhat.

»Was für ein Video?«, frage ich auf der Hut.

Loulou holt ihr Handy zum Vorschein. Sie sieht alle an, nur mich nicht, so nach dem Motto: Ich höre zwar, was du sagst, aber ich tue einfach mal so, als gäbe es dich nicht.

»Das ist wirklich göttlich.« Loulou drückt auf Play.

Ich sehe die Piste, die ich gerade runtergekommen bin. Und ich höre Robins Stimme, brüchig, aber deutlich zu verstehen: »Links oben! Da kommt sie! Kannst du sie heranzoomen, Lou?«

Das Bild schwenkt nach links und zoomt eine kleine Puppe oben an der Piste heran. Ich erkenne die schwarze Skihose und die rote Daunenjacke. Ich wirke noch dicker, als ich dachte. Mein Hintern ragt wie eine riesige Stoßstange vor.

»Mein Gott, das sieht ja aus, als würde sie kacken«, sagt Robin im Video. »Wirklich reizend.«

Die Robin, die neben mir steht, sagt mit einem scheinheiligen kleinen Lachen: »Huch, sorry, ich wusste nicht, dass das aufgenommen wurde.«

»Psst, seid still, jetzt kommt eine witzige Szene«, sagt Loulou.

Ich sehe mich selbst im Video, wie ich einen Bogen fahre. Und dann rutsche ich plötzlich weg. Meine Arme und Beine schlenkern in alle Richtungen, als wäre ich aus Gummi. Breitbeinig komme ich in einem Schneehaufen zum Stehen.

Loulou und Robin brüllen vor Lachen. Madelief beißt sich auf die Unterlippe, wahrscheinlich, um nicht auch in Lachen auszubrechen.

Das Display wird schwarz.

»Sehr witzig«, murmele ich und spüre, wie meine Wangen warm werden.

»Du wirst ja rot, wie süß!«, ruft Robin.

»Gar nicht.« Ich spüre, wie meine Wangen noch wärmer werden.

»Das poste ich auf Insta und Snapchat«, sagt Loulou. Das schiefe Grinsen ist wieder da.

»Das wirst du schön bleiben lassen«, schnauze ich.

»Mal sehen, Foto oder Video uploaden.« Loulous Finger fliegen über die Tastatur ihres Handys. »Was soll ich dazuschreiben? DANY LERNT SKIFAHREN? FUNNIEST VIDEOS IN GERLOS?«

»Hör auf, Lou«, sage ich und starre ängstlich auf ihren Finger, der über dem Button zum Posten schwebt. Ich bin nur ein Tippen davon entfernt, unsterblich lächerlich gemacht zu werden. Was soll ich tun?

»Zweimal Pizza?« Ein Kellner mit großen Tellern steht neben unserem Tisch.

Loulou dreht sich ruckartig zur Seite. »Ja, wir haben das bestellt.« Sie legt ihr Handy auf den Tisch. Das Video scheint vergessen. Ich bin in Sicherheit. Erleichtert atme ich auf.

»Haut rein!«, ruft Robin und zieht ein Pizzastück vom Teller. »Wir haben einmal Peperoni und einmal Vier Käse bestellt«, sagt Loulou. »Was wollt ihr?«

»Peperoni«, antwortet Madelief.

»Ich auch«, sage ich.

»Hier.« Loulou reicht uns zwei Stücke.

Ich nehme einen Bissen. Die Pizza ist so heiß, dass ich mit meiner Zunge jonglieren muss, um sie mir nicht zu verbrennen.

»Weißt du, woran ich gerade denken musste, Dany?«, sagt Robin langsam kauend.

»Woran?«, frage ich, während mir durch den Kopf schießt: Was kommt jetzt wieder?

»Ich dachte an Stan.«

Stan. Es fühlt sich an, als würde in meinem Inneren eine Tür zugeschlagen.

»Aha«, antworte ich, weil ich das Gefühl habe, ich müsse irgendwas antworten.

Robin beißt noch einmal von ihrer Pizza ab. »Du weißt schon, der Typ, der noch vor ein paar Wochen dein Freund war.«

»Ja, ich erinnere mich«, seufze ich.

Loulou räuspert sich. »Ich liebe dich, Danielle«, sagt sie mit schwerer, tiefer Stimme. »Verstehst du das denn nicht? Ohne dich kann ich nicht leben.«

Robin biegt sich vor Lachen. »Genial. Das ist die beste Stan-Imitation, die ich je gesehen habe. Was für ein Loser der Typ war.«

Ich schaue zu, wie sich Loulou und Robin einen High five geben.

»Aber jetzt mal ernsthaft«, sagt Robin, während sie sich die

Lachtränen aus den Augenwinkeln wischt. »Hast du noch Kontakt zu Stan?«

»Er ruft mich manchmal an.« Eigentlich ruft er fast jeden Tag an, aber ich habe keine Lust, Robin das auf die Nase zu binden.

»Echt jetzt? Worüber redet ihr dann?«

»Keine Ahnung.« Ich zucke mit den Schultern. »Über nichts. Er will nur wissen, wie es mir geht.«

»Und das glaubst du? Hallo, wach auf. Dein Ex ruft nie einfach nur mal so an.« Plötzlich klingt sie wie Oprah Winfrey. »Vielleicht musst du ihm gegenüber noch deutlicher werden.«

»Ich bin deutlich«, schnauze ich.

»Na ja, ich denke eher, Stan ...«

»Austaste«, unterbricht Madelief Robin.

»Hä? Was?«

»Du weißt schon, die Taste, die dich zum Schweigen bringt, wenn einem dein Gelaber nicht gefällt.«

»Ach, *die* Taste!« Robin grinst blöde. »Ich hab's kapiert.«

Stille tritt ein. Genau in dem Moment, als sie sich allmählich ungemütlich anfühlt, fängt Gers Pardoel an zu singen. Robin, Loulou und Madelief grölen lauthals mit.

Ich tue so, als würde mir das Lied auch gefallen. Aber der Name Stan brummt durch meinen Kopf wie ein Schwarm Hornissen, die ich nicht loswerde. Vielleicht hat Robin recht. Vielleicht muss ich ihm gegenüber tatsächlich noch deutlicher werden.

TAG: 0

ZEIT: 22:10 Uhr

Sie bewegt sich nicht mehr. Es ist fast rührend, wie sie so da liegt, den Kopf zur Seite gedreht, die Arme und Beine reglos auf dem Bett. Nur am Heben und Senken ihrer Brust kann ich sehen, dass sie noch lebt. Manche Tiere in Todesangst machen das auch so: Sie stellen sich tot, in der Hoffnung, dass der Feind das Interesse verliert.

Aber ich bin kein Tier.

Mit einiger Mühe reiße ich meinen Blick von ihr los. Ich könnte sie stundenlang anschauen, doch ich habe noch zu tun. Ich öffne die schwarze Sporttasche, die ich von zu Hause mitgenommen habe. Als Erstes nehme ich das Rasiermesser heraus. Mit dem Daumen streiche ich liebevoll über die Klinge. So scharf, so perfekt. Als hätte Gott selbst sie geschaffen. In meinem Inneren beginnt etwas zu schwelen. Ein kleines knisterndes Feuerchen. Bei jedem Einatmen werden die Flammen größer. Sie züngeln, flehen, versuchen mich zu überreden: Tu es! Tu es jetzt!

Das Zimmer verschwimmt, als würde alles Unwichtige verschwinden. Ich sehe nur noch das Rasiermesser. Tu! Es! Jetzt!

Meine Hände zittern, während ich das Rasiermesser hebe.

Nein!

Mein Bewusstsein kommt gerade noch rechtzeitig zurück. Das ist nicht der richtige Zeitpunkt. Ich darf noch nicht nachgeben, es würde alles verderben. Ich lasse meine Hand wieder sinken und lege das Rasiermesser auf den Boden. Gleich, denke ich, gleich ist es so weit.

Vorsichtig nehme ich die anderen Gegenstände aus der Sporttasche: eine durchsichtige Plastiktüte, eine Schere, Latexhandschuhe, ein Stück Reserveseil, eine Dose Rasierschaum und eine Rolle silbergraues Tape. Die Gegenstände sehen aus wie ein Stillleben.

Dieses Mal habe ich alles gut vorbereitet. Hunderte Male habe ich es wiederholt, als würde ich einen Tanz mit einem unsichtbaren Partner aufführen. So oft, bis ich es notfalls auch blind könnte. Der Tod selbst bedeutet nicht so viel, es ist die Art des Sterbens, mit dem man den Unterschied machen kann. Und dieses Mal würde ich nichts dem Zufall überlassen.

Es ist fast Zeit, sie wieder zum Leben zu erwecken. Ich lege meinen Handrücken auf ihren Oberschenkel. Haut an Haut, aber keine Fingerabdrücke. Ihr Körper zuckt wie ein zu Tode Verurteilter auf dem elektrischen Stuhl.

»W-wer bist du?« Ihre Stimme ist brüchig. Die Worte flattern wie Schmetterlinge davon.

Als Antwort räuspere ich mich kurz. Sie legt den Kopf schief, wie ein Hund, der ein Geräusch in der Ferne wahrnimmt.

»Sag etwas z-zu mir, b-bitte.«

Ich streichle mit dem Handrücken über ihren Oberschenkel. Sie versucht ihr Bein wegzuziehen, aber die Seile verhindern es.

»Fass mich nicht an!« Ihre Stimme klingt jetzt kräftiger.

Das stört mich. Ich habe hier das Sagen. Ich gebe die Befehle. Meine Hand ballt sich zu einer Faust auf ihrem Oberschenkel.

»Lass mich gehen! Lass mich gehen!« Die Wut in ihrer Stimme wächst.

Hör auf, denke ich.

»Warum machst du das?«, kreischt sie. »Du Dreckskerl. Armseliges Schwein. Was fällt dir ein?«

Die Worte rasen durch meinen Kopf, dringen tief in mein Bewusstsein, bis sie ganz in mir sind, an dem Ort, wo Der Schatten schläft. Ich spüre, wie er versucht, sich aus dem Dunkel zu lösen. Wie er versucht, aufzustehen.

Ich atme tief ein und versuche, mich vor ihrem hysterischen Kreischen zu verschließen. Ein Kinderlied kommt mir in den Sinn:

Mein liebes Elefantenkind
Pack Mamas Rüssel, lauf geschwind
Sonst verirrst du dich allein
Und dann wirst du traurig sein.

Ich summe mit, mein Herz klopft im Rhythmus der Melodie. Es wird still, Der Schatten hat sich wieder hingelegt. Erleichtert lasse ich die Spannung aus meinem Körper fließen. Dieses Mal habe ich Den Schatten in Schach halten können. Aber es wird einen Punkt geben, an dem er zu stark wird, und dann werde ich die Welt durch seine Augen sehen. Es dauert nicht mehr lange, bis es so weit ist. Ich kenne Den Schatten.

TAG: -16

ZEIT: 21:48 Uhr

Vier Stunden und drei Krüge Bier später habe ich Stan fast vergessen. Das *Cin Cin* platzt aus allen Nähten: Es wimmelt nur so von jungen Leuten in Skikleidung, die Arm in Arm zu niederländischen Songs hopsen und tanzen. Durch die beschlagenen Fenster scheint es, als hätte der Rest der Welt aufgehört zu existieren.

»Schau«, sagt Loulou. »Robin redet mit einem Skilehrer.« Sie zeigt auf Robin, die ein Stückchen weiter neben einem blonden Typen in einem roten Skianzug steht. Sein Arm liegt locker um ihre Taille, den Kopf hat er leicht zur Seite geneigt. Der Reißverschluss von Robins Shirt steht offen, wodurch er jetzt wahrscheinlich voll auf ihr Dekolleté starrt.

Madelief sieht es ebenfalls. »Ob Robin klar ist, dass sie da in ihrem BH steht?«, fragt sie mit hochgezogenen Augenbrauen.

»Glaube ich nicht.« Loulou grinst.

»Wie peinlich.« Madelief winkt, um Robins Aufmerksamkeit auf sich zu ziehen. »Juhu, Robin!«

»Mensch, lass sie doch«, meint Loulou.

Madelief ignoriert sie. »Robin!«, ruft sie noch etwas lauter.

Robins Blick gleitet zu uns herüber. Ihr Mund bewegt sich lautlos. »Was ist los?«, lese ich ihr von den Lippen ab.

Madelief zeigt auf ihre Brust. »Of-fen«, artikuliert sie sehr übertrieben. »Es ist of-fen.«

Robin windet sich aus den Armen des Skilehrers und kommt zu uns. »Was gestikulierst du denn hier so bescheuert rum?«, fragt sie ärgerlich. »Ich schnalle es nicht.«

»Dein Shirt steht offen«, sagt Madelief.

»Okay, also …?«

»Also hat man einen mega Einblick.«

Robin schaut an sich hinunter. »Na, toll. Du willst mir doch nicht erzählen, dass ich dafür herkommen sollte? Ich war mitten in einem netten Gespräch.«

»Ein nettes Gespräch mit einem Skilehrer, den du erst seit zwei Minuten kennst?«, fragt Loulou mit hochgezogenen Augenbrauen.

»Ja.« Robin verschränkt die Arme. »*By the way*, er heißt Bernd.«

Loulou verschränkt ebenfalls die Arme. »Spricht Bernd Englisch?«

»Nein.«

»Und du kannst kein Deutsch. Wie gut kann das Gespräch gewesen sein?«

»Schon mal von der Sprache der Liebe gehört?«, seufzt Robin. »Bernd und ich verstehen uns ohne Worte.«

»Und hat Bernd dir dann auch ohne Worte erzählt, dass er im Sommer wahrscheinlich Bauer ist«, fragt Loulou, »und mit einem Traktor Scheiße über Bergsträßchen transportiert?«

»Na und? Ich will ihn ja nicht gleich heiraten.«

»Sieh an, Bernd hat schon ein neues Opfer gefunden«, sagt Madelief. »Jetzt redet er mit der Dunkelhaarigen da drüben.«

Robin stöhnt. »Das war's dann wohl mit meinem Projekt für heute Abend. Herzlichen Dank, Madelief.«

»Morgen früh wirst du mir danken«, sagt Madelief. »Dieser Bernd ist bestimmt nicht ...«

Der Rest von Madeliefs Satz wird von einem zischenden Laut von Robin abgeschnitten. »Tsss, guckt mal, wer da ist! Linke Ecke, an der Theke.«

Ich drehe mich zur Bar um und schaue vor lauter Schreck sofort wieder in die andere Richtung. Dante und seine beiden Freunde. In meinem Körper geschehen seltsame Dinge: Mein Puls beschleunigt sich, mein Mund wird trocken, und ich spüre, wie meine Wangen brennen. Das ist doch idiotisch, denke ich. Der Kerl hat fünf Sekunden mit dir geredet und dich danach keines weiteren Blickes mehr gewürdigt.

»Ich wusste es«, sagt Robin. »Er will dich, Loulou. Er ... O Gott, er kommt her!«

Loulou wirft ihre langen braunen Haare zurück. Ich sehe, wie ihre Pupillen kleiner werden. Sie fährt sich mit der Zunge über ihre Oberlippe. Ich kenne diese Loulou. Das ist die Loulou auf Jagd. Und ich weiß auch, was jetzt passieren wird. Dante und Loulou werden miteinander plaudern. Erst über nichts Besonderes, doch dann werden die Scherze und Bemerkungen immer herausfordernder werden. Robin, Madelief und ich werden uns irgendwann zurückziehen und das Ganze aus der Ferne beobachten. Vielleicht legt Dante einen Arm um Loulous Schultern oder Loulou lehnt sich flirtend an ihn. Wie auch immer, am Ende des Abends werden sie auf jeden Fall gemeinsam hinausschlüpfen. Dante wird Loulou in die Arme nehmen und sie küssen. Und wenn Loulou gut drauf ist, geht sie mit ihm sogar zu seinem Appartement. Morgen kann sie dann ein Kreuzchen hinter Dantes Namen setzen. Typ Nummer xyz erledigt.

»Noch vier Meter, drei Meter, zwei Meter«, flüstert Robin. »Go, Lou, go!«

Ich mache einen Schritt nach hinten, um nicht im Weg zu stehen, und wende meinen Kopf ab.

»Was für ein Zufall, das ist schon das zweite Mal, dass wir uns heute begegnen«, höre ich Dantes schwere, dunkle Stimme – viel näher als erwartet.

Ich drehe den Kopf und schaue direkt in sein lächelndes Gesicht.

»Deine Nase sieht heute Abend ganz ... anders aus«, fährt er fort.

Es dauert ein paar Sekunden, bis ich kapiere, dass er mit mir spricht. Mit mir! Mein Blick huscht zu Loulou, die meinem ganz klar ausweicht.

Dantes Mundwinkel heben sich noch weiter, bis er richtig lacht. »Wo ist die Sahne geblieben?«

»Die ... die habe ich aufgegessen«, stammele ich.

»Wie schade.« Dante grinst. »Sie stand dir gut.«

Er sieht mich an. Seine Augen, fast schwarz im künstlichen Licht, lassen mich nicht los. Eine gefühlte Ewigkeit bleiben wir so stehen.

»Eigentlich ist das sogar schon unsere dritte Begegnung für heute«, durchbricht er die Stille.

»Echt?«

»Ich habe dich heute beim Skifahren gesehen.«

»Hä?«

Scheinbar kann ich nur noch einsilbige Wörter produzieren.

»Aber du hast mich nicht gesehen«, fährt er langsam fort. »Dafür warst du zu sehr von dieser schwarzen Piste abgelenkt.«

Oh nein! »Du meinst doch nicht etwa die schwarze Piste links vom Sessellift?«, frage ich entsetzt.

»Yep«, antwortet er mit einem trägen Lächeln. »Die meine ich.«

Ich stelle mir vor, dass er dabei zugesehen hat, wie ich mir auf der Piste einen abgebrochen habe und er mit seinen Freunden über mich gelacht hat. Ich spüre, wie meine Wangen brennen, und will so unglaublich gern einfach im Boden versinken und verschwinden, am liebsten auf die andere Seite der Erdkugel. Aber Dante sieht mich nur spöttisch an.

»Für mich ist Skifahren der aller-, aller-, allerblödeste Sport der Welt«, sage ich.

Ich bin von mir selbst überrascht, dass ich ihm gegenüber so ehrlich bin. Er offensichtlich auch, denn er lacht laut auf.

»Und was machst du dann hier?«

»Sie wollten gern hierhin.« Ich nicke zu Robin, Madelief und Loulou hinüber. Ich sehe, dass Robin uns aus den Augenwinkeln beobachtet. Loulou steht mit dem Rücken zu mir.

»Und du machst immer, was deine Freundinnen wollen?«, fragt er mit hochgezogenen Augenbrauen.

»Nein.« Ich schüttele den Kopf. »Nein, wirklich nicht. Aber es stand drei gegen eine.«

»Hm.« Er nickt sehr langsam. »Weißt du, mir wird gerade klar, dass wir einen wichtigen Schritt übersprungen haben.«

Ich starre ihn verständnislos an.

Er streckt mir seine Hand entgegen. »Dante.«

Von irgendwo ganz weit weg kommt meine eigene Hand ins Bild.

»Danielle«, flüstere ich, und meine Hand landet in seiner.

»Danielle«, wiederholt Dante bedächtig. »Schöner Name.«

Ich schaue auf unsere Hände, die ineinander verschlungen zwischen uns schweben.

»Und was macht Danielle im normalen Leben? Gehst du noch zur Schule? Studierst du?«

Sein Daumen streicht wie zufällig über meinen Handrücken.

»Ich, äh … bin im letzten Schuljahr«, sage ich heiser.

»Kurz vorm Abschluss also. Und, sieht es gut aus?«

Sein Daumen dreht jetzt Runden über meine Hand. Ich spüre seine Berührung überall in meinem ganzen Körper.

»J-ja.«

»Weißt du schon, was du danach machst?« Er lässt meine Hand los. Plötzlich fühlt sie sich kalt und einsam an, als hätte ich etwas ganz Wichtiges verloren.

Ich verschränke die Arme. »Fachoberschule wahrscheinlich.«

Wir schauen uns an. In der Stille scheint der Abstand zwischen Dante und mir immer größer zu werden. Jetzt muss ich ihn etwas fragen. Irgendetwas, egal was, bevor er wegläuft.

»Und was machst du?«, frage ich schnell. »Arbeitest du?«

»Ich studiere noch.« Er macht einen Schritt nach vorn. »Ich bin im dritten Studienjahr Medizin.«

»Du willst Arzt werden?«

»Gefäßchirurg.«

»Oh.«

Er sieht mich an, als würde er auf eine weitere Frage von mir warten.

»Mit wem bist du hier zum Skifahren?«, denke ich mir aus.

»Mit zwei Freunden. Boaz …« Er nickt zu einem Jungen mit strubbeligen blonden Haaren hinüber, der an der Theke steht. Ich erkenne ihn als den mit der gestrickten Grunge-Mütze von heute Morgen. »Und der andere ist Raf.« Er zeigt zu einem Typen mit braunen Locken neben Boaz, der heute früh auch dabei war.

»Woher kennt ihr euch?«

»Das sind meine Mitbewohner. Wir wohnen mit fünf Studenten in einem Haus.«

»Findet deine Freundin das gut?«

Es ist raus, bevor es mir bewusst wird. *Shit, was für eine dumme Bemerkung.*

Dante kneift die Augen zusammen, als stünde er in der prallen Sonne. »Ich habe keine Freundin«, sagt er dann tonlos.

Wieder schweigen wir. Dieses Mal fühlt sich unser Schweigen wie eine riesige Kluft an.

»Was nicht ist, kann ja noch werden«, murmele ich, und mache es damit nur noch schlimmer.

»Wer weiß.«

Die Stille wird noch größer, so groß wie ein Kontinent. Ich starre auf meine Skischuhe.

»Hallo ihr!« Robins schrille Stimme ertönt neben meinem Ohr.

»Hallo«, antwortet Dante.

»Tut mir leid, wenn ich euch störe«, sagt sie, aber in ihrer Stimme liegt keine Reue. »Wir gehen ins *Little London.* Da ist jetzt anscheinend Happy Hour. Kommt ihr mit?«

Dante lächelt sie an, ein höfliches, aber distanziertes Lächeln. »Nettes Angebot, aber ich bleibe noch ein bisschen hier.«

Robin zuckt mit den Schultern. »Kein Problem. Und du, Dany? Kommst du mit uns, oder bleibst du auch hier?«

Ich schaue zu Dante, der von mir wegschaut. »Ich komme mit euch«, sage ich leise. Was soll ich sonst machen?

»Ladies, viel Spaß im *Little London.*« Dante hebt die Hand und geht zu Raf und Boaz.

Robin zieht mich am Arm mit. »Lou und Madelief stehen schon draußen.«

Ich sehe an ihren Augen, dass sie alles von mir wissen will. Gottseidank wartet sie damit, bis wir draußen sind. Die Tür ist noch nicht zugefallen, da schreit sie schon: »Aaaaaaaaaah! Daaaaany! Er findet dich gut!«

Madelief und Loulou stellen sich zu uns. Loulou starrt durch mich hindurch, als gäbe es mich gar nicht.

»Wer hätte das gedacht?«, hakt Robin nach. »Stan würde einen Herzinfarkt kriegen, wenn er das wüsste. Stell dir vor, dass …«

»Ich hab's verbockt«, sage ich.

»Was?« Robin kriegt den Mund nicht mehr zu.

»Ich hab's verbockt«, wiederhole ich mit einem tiefen Seufzer. »Ich habe ihn gefragt, ob er eine Freundin hat.«

»Du machst Witze?«

»Nein, in echt.«

»Warum tust du so was?« Sie sieht mich verzweifelt an. »Bist du verrückt geworden? Das fragt man doch nicht! Das ist verdammt noch mal Selbstmord!«

»Robin, stopp«, sagt Madelief. »Sie findet es selbst auch ziemlich blöd.«

»Hm«, schnaubt Robin, aber zum Glück hält sie wenigstens den Mund.

»Das wäre eh nichts geworden.« Loulou sieht mich an. In ihrem Blick liegt etwas Selbstzufriedenes. Sie macht sich nicht einmal die Mühe, es vor mir zu verbergen.

»Wieso nicht?«, fragt Robin.

»Dany ist überhaupt nicht Dantes Typ. Und selbst wenn sie

rumgeknutscht hätten, hätte er sie nach dem Urlaub sitzen gelassen. Dann wäre Dany schon wieder unglücklich geworden.«

»Vielleicht hast du recht.« Robin nickt. »Dann lieber auf Nummer sicher gehen.«

Plötzlich habe ich eine Riesenlust zu schreien. »Nun, es ist nichts passiert, also Problem gelöst«, schnauze ich. »Können wir jetzt mal über etwas anderes reden?«

»Sorry, Dany«, sagt Loulou, aber sie wirkt nicht so, als meine sie es ernst. »Lasst uns ins *Little London* gehen.«

TAG: -15

ZEIT: 10:39 Uhr

Überall ist Schnee: unter mir, vor mir, neben mir. Sogar der Himmel ist hellgrau gesprenkelt von Schneeflocken. Ich höre nur meinen eigenen keuchenden Atem, das Knirschen meiner Skischuhe im Schnee. Alle anderen Geräusche werden von den Flocken verschluckt. Ich könnte genauso gut am Nordpol sein. Oder auf dem Gipfel des Mount Everest. Vor mir laufen Loulou, Madelief und Robin wie drei graue Schemen. Meine Schneebrille rutscht mir auf die Nasenspitze, und meine Skier schneiden mir in die Schulter. Wie weit ist es denn noch bis zu diesem Sessellift?

Als ich heute Morgen wach wurde, wollte ich eigentlich im Appartement bleiben. Aber Loulou hat mich überredet, doch mitzugehen. Oben am Lift ist ein Restaurant, sagte sie, und am späten Nachmittag könnte ich über eine superleichte blaue Piste ins Tal runterfahren. Sie hat mir die Abfahrt auf der Karte gezeigt: eine blaue Linie, die sich durch die Bäume schlängelte. »Das ist einfach ein Pfad, leichter geht's nicht«, meinte sie. Aber jetzt zweifele ich doch ein wenig. Es liegt richtig viel Schnee, und die Sicht ist sehr begrenzt.

Loulou, Madelief und Robin bleiben stehen. Als ich sie erreicht habe, tauchen die verschwommenen Umrisse des Skilifts aus dem Schneevorhang auf. Das Brummen des Lifts klingt gespenstisch und unwirklich, als hätte das Ding vor, mich zu verspeisen. Noch kann ich zurück in unser Appartement.

Robin wirft ihre Skier in den Schnee. »Warum schneit es denn? So kriege ich doch nie Farbe.«

»Es schneit, weil es so kalt ist, dass der Regen friert«, sagt Loulou, während sie ihr Snowboard an einem Fuß befestigt.

»Vielen Dank für diese Erklärung.« Robin streckt ihr die Zunge raus. In ihren langen blonden Haaren kleben Dutzende von Schneeflocken. »Aber ich meinte eigentlich: Wo zum Geier ist der blaue Himmel?«

»Hinter den Wolken«, antwortet Loulou.

»Sehr witzig, Loulou, sehr witzig.« Robin tritt ihre Skischuhe in ihren Bindungen fest. »So, ich bin bereit.«

»Ich auch«, sagt Loulou. »Beeilst du dich ein bisschen, Dany?«

»Ja«, murmele ich. Mit der Spitze meines Skistocks kratze ich den Schnee aus den Sohlen meiner Skischuhe. Ich nehme mir jede Profilrille einzeln vor, bis sie blitzblank sind. Dann kann ich es nicht mehr länger aufschieben. Entweder schnalle ich jetzt die Skier an, oder ich gehe zurück ins Appartement.

»Das geht auch schneller«, sagt Robin. »Ich friere fest.«

»Machst du dir immer noch einen Kopf über diese Abfahrt?«, fragt Loulou. »Ich habe dir doch gesagt, dass sie blauer als blau ist.«

Madelief stellt sich neben mich. »Weißt du was?«

Ich schüttele den Kopf.

»Wir fahren gemeinsam runter. Ich bleibe von Anfang bis Ende bei dir. Zur Not laufen wir das letzte Stück. Aber ich bin sicher, dass du das schaffst. Es ist echt eine leichte blaue Abfahrt. Okay?«

»Okay«, sage ich und steige in die Bindungen, bevor ich es

mir anders überlege. Schon komisch, dass ich von Madelief Dinge annehme, nicht aber von Loulou.

»Prima«, sagt Madelief und zwinkert mir zu.

Wir gleiten zum Skilift und stellen uns an. Es sieht aus, als hätte man eine ganze Busladung Bankräuber beim Lift abgesetzt: Alle sind bis zur Unkenntlichkeit eingepackt in Mützen, Schals und Schneebrillen. Langsam bewegen wir uns in Richtung der Tore.

»Habt ihr eure Skipässe?«, fragt Madelief. »Wir sind fast an der Reihe.«

»Ich gehe mit Loulou auf den Sessel«, sagt Robin schnell und schiebt sich neben Loulou.

Automatisch stelle ich mich neben Madelief. Ich halte meinen Pass vor den Scanner. Mit einem Piepen öffnet sich das Tor. Madelief und ich gehen hindurch. Loulou und Robin werden vom Sessel vor uns mitgenommen.

»Bist du bereit?«, fragt Madelief.

»Ja.« Ich rutsche zum Einstiegsplatz.

»Oh Shit«, höre ich Madelief sagen. »Mein Skistock fällt. Ich …«

Ein Junge mit einem Snowboard schlüpft neben mich.

»W-was?«, stammele ich.

Der Sessel berührt meine Kniekehlen, und ich klappe neben dem Snowboarder auf den Sitz. Ich schaue mich nach Madelief um, die noch beim Lift steht und langsam in den Schneeflocken verschwindet. Der Snowboarder klopft sich den Schnee von der Jacke. So ein Arsch!

»Was soll das«, sage ich wütend. »Sie haben sich einfach an meiner Freundin vorbeigedrängelt.«

»Entschuldigung.« Er setzt die Schneebrille ab.

Ich weiß nicht, ob ich ihn zuerst an seiner Stimme erkenne

oder es erst kapiere, als ich in seine amberfarbenen Augen schaue. Das ist Dante! Ihm so nah zu sein fühlt sich an, als wäre ich ihm freien Fall. Mein Herz schlägt Salto!

»Hallo, Danielle!«, sagt er.

»H-hallo«, versuche ich so lässig wie möglich zu sagen, während mein Herz noch höher springt.

»Was für ein Zufall, dir hier zu begegnen.«

Ich nicke, aber ich könnte wetten, dass es kein Zufall ist. Dafür ist der Blick in seinen Augen zu amüsiert.

»Nach unserem Gespräch gestern Abend ist das so ziemlich der letzte Ort, an dem ich dich erwartet hätte.«

»S-sorry?«

»Es ist nämlich so.« Er hält ein paar Sekunden inne. »Die meisten Leute, die mit einem Sessellift hochfahren, müssen auch wieder hinunter.«

»Äh, ja«, murmele ich, während ich mich verzweifelt frage, wohin dieses Gespräch führen soll.

Dante lehnt sich zurück. »Du hast dich also wieder von deiner Skiphobie erholt. Schön für dich.«

Shit, das meint er ernst. Jetzt wirke ich richtig unglaubwürdig. »Nein, nein«, beeile ich mich zu sagen. »Ich will mich oben ins Restaurant setzen und dort das WLAN nutzen.«

»Ah, das Restaurant! Aber dort ist es auch nicht ungefährlich.« Dante tippt sich an die Nasenspitze. »Der Verzehr von heißem Kakao mit Schlagsahne scheint bei manchen Leuten unerwünschte Nebenwirkungen zu zeigen.«

Einen Moment starre ich ihn sprachlos an, dann breche ich in Lachen aus. Mein Lachen klingt hoch und rein im Schnee. »Dieses Mal bleibe ich bei Cola.«

»Wie schade«, sagt er und grinst.

Ich schaue zu meinen Skiern. Dicke Schneeflocken trudeln

nach unten. Manchmal gleitet unter unserem Sessellift ein Baumwipfel vorbei, um danach in der endlosen Schneelandschaft wieder zu verschwinden. Dante und ich könnten die beiden einzigen Menschen auf dieser Welt sein.

»Wie war's gestern noch im *Little London?*«, fragt er.

»Prima«, sage ich und zucke mit den Schultern. »Wir haben getanzt, und es gab Karaoke.«

Dante verlagert sein Gewicht, sodass sich unsere Beine berühren. Ich kann die Muskeln in seinen Beinen spüren, hart und kräftig. Krampfhaft versuche ich, an etwas anderes zu denken, aber es ist fast unmöglich, die Berührung zu ignorieren. Dante scheint kein Problem damit zu haben.

»Wie war euer Abend?«, frage ich, um mich abzulenken.

»Nett. Aber er hätte noch viel netter sein können.« Er sieht mich unverwandt an. Es ist dies Art von Blick, in dem ich alles sehe, was gestern Abend nicht passiert ist, und der mich erröten lässt. Was sieht er wohl in meinen Augen?

Rattern und Stimmen. Die Liftstation taucht aus dem grauen Schneenebel auf.

»Wir sind da.« Dante drückt den Sesselbügel hoch und schiebt seine Schneebrille wieder auf die Nase. »Vielleicht sehe ich dich heute Abend noch.«

»Ja.«

Irgendwie hört sich das seltsam an, fast so als würde ich mich mit ihm verabreden.

Unser Sesselsitz dreht sich zur Ausstiegsplattform.

»Bis dann.« Er springt auf sein Snowboard, und weg ist er.

Im Pflug fahre ich den Lifthügel hinunter zu Loulou und Robin. Währenddessen gucke ich immer wieder heimlich, ob ich Dante noch irgendwo sehe, aber er ist wirklich verschwunden.

»Was hast du mit Madelief gemacht?«, fragt Loulou, kaum dass ich bei ihr angekommen bin.

»Sie saß in einem anderen Sitz«, sage ich, und im nächsten Moment kommt Madelief herbeigefahren.

»Was war das denn für ein asozialer Snowboarder!«, knurrt sie, als sie vor unserer Nase bremst. »Der hat mich einfach zur Seite geschubst.«

Eigentlich sollte ich jetzt sagen, dass es Dante war und dass wir den ganzen Weg hier hoch geredet haben. Aber ich erinnere mich noch in allen Einzelheiten an das Gespräch von gestern – von wegen ich sei nicht sein Typ und er hätte mich nach dem Urlaub sowieso sitzen lassen.

»Ja, was für ein Arsch, oder?«, höre ich mich sagen. Meine Worte klingen seltsam hohl.

»Zum Glück ist er weg. Sonst hätte der sich was von mir anhören können.« Madelief sieht mich direkt an. »War das ein Deutscher?«

Noch könnte ich es richtigstellen, indem ich sage: »Nein, kein Deutscher. Das war Dante!« Aber ich sehe, wie Loulou und Robin mich anschauen, wie sie mich mit zusammengekniffenen Augen scannen, als würden sie spüren, dass ich lüge. »Keine Ahnung«, murmele ich. »Ich habe nicht mit ihm geredet.«

»Hm, okay.« Madelief nickt.

Eine warme Glut zieht von meinem Nacken in die Wangen.

»Komm, lasst uns losfahren«, sagt Loulou, die das Gespräch offensichtlich nicht mehr interessant findet.

»Okay, auf geht's!«, sagt Robin und streift ihre rosa Handschuhe über.

»Bist du sicher, dass du nicht mitfährst?«, fragt mich Madelief. »Wir sind vielleicht erst in ein paar Stunden wieder zurück am Restaurant.«

»Ich komme schon zurecht«, sage ich schnell. »Wenn es mir wirklich zu lange dauert, rufe ich euch an.«

»Okay, aber …«

»Das wird genial!«, unterbricht Loulou Madelief und hüpft mit ihrem Snowboard zum Start der schwarzen Piste.

»Tschüs, Dany, bis später«, sagt Robin und fährt auf ihren Skiern hinter Loulou her.

»Fahr ruhig«, sage ich zu Madelief, die mich verzweifelt ansieht. »Sonst verlierst du sie.«

»Du rufst echt an, ja, wenn du zum Appartement zurückwillst?«

»Ich rufe an.«

»Okay, bis nachher!«

Ich sehe zu, wie sie zum Pistenrand gleitet und im Schnee verschwindet.

TAG: -15

ZEIT: 19:04 Uhr

Ich stehe vor dem Spiegel im Badezimmer. Meine Haare kleben in langen Schlieren an meinem Gesicht. Ich habe bestimmt eine halbe Stunde unter der Dusche gestanden, bis meine Finger ganz runzelig und weiß geworden sind vom warmen Wasser. Doch ich habe es einfach nicht geschafft, Dante aus meinem Kopf zu kriegen. Es ist, als würde auch sein Name an mir kleben.

Dumm. Richtig dumm.

Ich sauge meine Wangen nach innen, wodurch mein Spiegelbild sofort zehn Kilo leichter wirkt. So hätte ich vielleicht noch eine Chance. Mit einem Handtuch rubbele ich meine Haare trocken und knete ein wenig Wachs ein.

»Dany, jetzt komm endlich aus dem Bad!«, brüllt Loulou. »Wir wollen essen.«

»Nur noch eine Minute«, rufe ich zurück. Schnell tusche ich mir die Wimpern.

»Da-ny!« Loulou bollert gegen die Badezimmertür. »Jetzt!«

Ich wische ein Mascaraklümpchen von meiner Wange und schließe die Badezimmertür auf.

Loulou starrt mich mit hochgezogenen Augenbrauen an. Sie ist total gereizt.

Ich versuche, ihrem Blick genauso genervt zu entgegen. »Ich habe mich gerade geschminkt.«

»Hm.« Sie sagt es in einem Ton, als fände sie das Ergebnis eher mäßig. »Und was ziehst du gleich an?«

»Äh, das da.« Ich zeige auf meine Jeans und einen hellgrauen Pulli. »Nicht gut?«

Die Stille dauert einen Moment zu lange. »Oh ja, doch, prima.« Sie schleudert ihre langen Haare über die Schulter und dreht sich um. »Komm jetzt essen.«

Ich sehe ihr zu, wie sie in ihren schwarzen Skinny Jeans, dem schwarzen Rollkragenpullover und den Moonboots zum Tisch stolziert. Sie trägt nichts Besonderes, und trotzdem sieht Loulou aus wie ein Model. Wieso kann ich nicht so sein wie sie?

»Na endlich«, seufzt Robin, als wir uns an den Tisch setzen. »Das hat ja ewig gedauert. Das Essen ist fast kalt.«

Sie rührt mit einem Schöpflöffel in einem großen Topf und füllt vier Teller. »Hier, essen. Morgen darf jemand anders kochen, während ich mich faul auf meinen Hintern setze.«

Wir starren alle drei auf unsere Teller, auf denen ein nicht identifizierbarer grauer Matsch liegt.

»Was ist das denn?«, fragt Loulou. »Gekochtes Affenhirn?«

»Haha, sehr witzig.« Robin tut so, als müsste sie sich den Bauch halten vor Lachen, um danach sauer zu sagen: »Das sind Käse-Schinken-Nudeln, das sieht man doch wohl!«

»Sieht eher aus wie Kotze.« Loulou schiebt ihren Teller von sich. »Das esse ich ganz sicher nicht.«

»Was soll das?« Robin wirft ihrer Freundin einen vernichtenden Blick zu.

»Sorry, aber ich habe keinen Bock auf eine Lebensmittelvergiftung.«

»Ich probiere es wenigstens mal.« Madelief nimmt einen kleinen Bissen. Sie kaut sehr langsam, und ich sehe, wie eine steile Falte zwischen ihren Augenbrauen entsteht. »Es ist, äh, überraschend«, sagt sie.

»Seht ihr!« Robin klingt triumphierend. »Und es ist eine gute Grundlage für gleich. Das Fett im Käse bindet den Alkohol, und man wird nicht so schnell betrunken. Wie findest du es, Dany?«

Ich gabele eine Makkaroni auf und probiere vorsichtig. Tränen schießen mir in die Augen, so salzig ist es.

»Besonders«, sage ich und schlucke den Bissen schnell runter.

»Jetzt musst du probieren, Lou«, sagt Robin.

»Das kannst du schön selbst machen.«

»Okay, von mir aus.« Robin nimmt eine große Gabel voll und fängt an zu kauen. Nach ein paar Sekunden hört sie auf. Sie würgt und spuckt die Makkaroni auf ihren Teller. »Igitt, das kriegt man ja echt nicht runter!« Sie macht ein so dummes Gesicht dabei, dass wir vor Lachen losprusten.

»Du müsstest dein Gesicht mal sehen!«, kreischt Loulou.

»Da ist wohl was mit dem Salz schiefgegangen«, sagt Robin belämmert. »Ich kapier's nicht.«

»Mach dir nichts draus!« Madelief lacht. »Das hätte mir auch passieren können. Dann essen wir eben Brot.«

»Wir haben keins mehr«, sagt Robin jetzt noch betretener.

»Ich habe die Lösung«, sagt Loulou, noch immer hicksend vor Lachen. Sie steht auf, geht in die Küche und kommt mit zwei Tüten Paprikachips zurück. »Tada! Unser Abendessen!«

Robin reißt eine Tüte auf und stopft sich eine Handvoll Chips in den Mund. »Ich koche nie wieder«, murmelt sie.

»Gute Entscheidung«, sagt Madelief und grinst.

Loulou knabbert an einem Kartoffelchip. »Morgen will ich wieder auf diese fette schwarze Piste.« Mit den Armen macht sie eine Surfgeste, als würde sie den Berg hinunterwedeln. »Vielleicht können wir ja auch ein Stückchen Off-Piste fahren.«

»Wir könnten morgen auch mit der Seilbahn in dieses andere Skigebiet«, schlägt Madelief vor.

Loulou nickt. »Ja, gute Idee! Dann stehen wir extra früh auf, damit wir dort den ganzen Tag Skifahren können.«

Ich starre auf meine Hände und habe das seltsame Gefühl, dass ich einen anderen Urlaub gebucht habe als meine Freundinnen. Heute haben sie mich erst um drei Uhr im Restaurant abgeholt. Die Stühle standen schon auf den Tischen, und die Bedienung war dabei, den Boden zu wischen. Eine Piste sei gesperrt gewesen, haben sie behauptet. Sonst wären sie wirklich viel früher zurückgewesen. Aber ihre Wangen waren rosa vor Kälte, und ihre Augen leuchteten. Selbst Madelief konnte nicht verbergen, wie viel Spaß sie hatten.

»Wo gehen wir heute Abend was trinken?«, höre ich Robin plötzlich fragen. »Ich bin für das *Cin Cin.*«

Dante! Ich halte die Luft an.

»Ich würde lieber ins *Little London* gehen«, sagt Loulou. »Ich fand das Karaoke gestern wirklich lustig.«

Ich atme wieder aus.

»Mir ist es egal«, sagt Madelief.

»Mir auch«, lüge ich.

Robins lange rosa Fingernägel ticken auf den Tisch. Am Nachmittag ist sie eine gute halbe Stunde mit ihnen zugange gewesen.

»Dann würfeln wir eben. Eins bis drei ist *Cin Cin*, vier bis sechs *Little London.*« Sie greift in die Obstschale. »Ich glaube, ich habe hier einen Würfel rumliegen sehen. Ah, da ist er! Wer will werfen?«

»Ich!« Loulou schnappt sich den Würfel aus Robins Hand und wirft.

Der Würfel kullert über den Tisch und wird vom Nudeltopf gebremst.

»Und, und, und, was ist es?« Robin streckt den Hals.

»Eine Zwei«, sagt Madelief und hält den Würfel hoch, damit wir ihn alle sehen können.

»Yes, also das *Cin Cin!*« Robin jubelt.

»Lächerlich.« Loulou verschränkt die Arme.

»Nicht meckern, Loulou«, sagt Robin. »Wir haben ehrlich darum gewürfelt.«

Loulou schnaubt. »Ach, findest du? War ja schließlich auch deine Idee, nicht meine.«

Robin ignoriert ihre Bemerkung. »In einer halben Stunde gehen wir. »Auf geht's, Mädels!«, ruft sie.

TAG: -15

ZEIT: 21:28 Uhr

Es ist warm und voll im *Cin Cin.* Seit wir vor zwanzig Minuten hier reingekommen sind, schaue ich mich ständig um. Ich habe schon mindestens zwölf Typen mit dunklen Haaren gesehen – und zwölfmal gedacht, es sei Dante. Aber nein. Er wird bestimmt nicht kommen.

»Noch dreißig Sekunden, dann beginnt wieder eine Happy Hour.«

»Wer ist dran, was zu holen?«, fragt Loulou.

»Dany.« Madelief nickt in meine Richtung.

Die Klingel zur Happy Hour ertönt.

»Go, Dany, go«, ruft Robin. »Mein Bier ist fast alle.«

»Ja, immer mit der Ruhe«, sage ich und drehe mich zur Bar um.

Und dann sehe ich plötzlich Dante. Lässig an der Theke lehnend, im Gespräch mit seinen beiden Mitbewohnern, als stünde er schon seit Stunden dort. Ich schließe die Augen. Und öffne sie wieder. Er steht immer noch da. Er dreht sich in meine Richtung, als würde er spüren, dass ich ihn ansehe.

Schnell schaue ich noch einmal zurück zu Robin, Loulou und Madelief.

»Worauf wartest du noch?«, quengelt Robin. »Ich habe Durst.« Sie winkt mit ihrem Bierkrug.

»Jaja«, murmele ich. »Ich geh ja schon.«

Ich hole tief Luft und versuche, so aufrecht und selbstsicher wie möglich zur Bar zu laufen. Dante beobachtet jeden meiner Schritte. Sein Blick ist dunkel und unergründlich. Kann er nicht woanders hingucken?

»Hallo, Danielle.« Plötzlich steht er neben mir!

»H-hallo.«

»Da treffen wir uns ja schon wieder.« In seiner Stimme liegt ein amüsierter Ton. »Ist das Zufall?«

»Ich will Bier holen«, sage ich schnell, als würde das alles erklären.

»Ach deshalb!« Dante nickt und macht einen Schritt zur Seite. »Nur zu.«

An ihm vorbei gehe ich zur Theke. Aus dem Augenwinkel sehe ich, dass er sich hinter mich stellt. Ich versuche so zu tun, als wäre er nicht da.

»Vier Bier, bitte«, bestelle ich beim Barkeeper.

»Trinkst du die ganz allein?« Ich zucke zusammen, als ich seinen Atem in meinem Nacken spüre. Er muss ganz nah hinter mir stehen. Zu nah.

»N-Nein«, antworte ich, während ich starr zur Theke schaue.

»Zum Glück.« Sein Atem streicht an meinem Ohr entlang. »Ich mag nämlich keine betrunkenen Mädchen.«

Ich kann kaum atmen. Ich wünschte, ich könnte etwas Witziges sagen, etwas Leichtes, etwas, das die Spannung brechen würde. Aber mein Hirn blockiert.

»Ist es schön?«, fragt Dante leise.

»W-was?«

Ich spüre, dass er noch dichter herankommt. Seine Wärme ist überall und umgibt meinen Körper wie eine Decke.

»Das Holz der Theke, das du bestimmt schon seit einer Minute anstarrst.«

»Oh, äh, i-ich ...«, stottere ich.

Der Barkeeper rettet mich. »Das macht zehn Euro, bitte.«

Meine Hände zittern, während ich einen Zehner aus meinem Geldbeutel ziehe.

»Bitte.«

»Danke.« Der junge Mann nickt und geht weg.

Es gibt keinen Grund mehr, noch länger so stehen zu bleiben. Ich hole tief Luft und drehe mich um.

Dante schaut mich an.

»Wie war es heute in dem Restaurant auf dem Berg?«, fragt er beiläufig.

»Oh, nett.«

»Wirklich?«

»Warum willst du das wissen?«

»Weil ich glaube, dass du lügst, Danielle. Niemand möchte einen ganzen Tag lang allein in einem Restaurant sitzen. Auch du nicht.«

Ich beiße mir auf die Unterlippe.

»Na? Erzählst du mir noch, wie du es wirklich fandest?«

Macht er Witze? Verwirrt sehe ich ihn an. Sein Gesicht wirkt wie aus Stein gemeißelt, er verzieht keinen Muskel. Das macht mich nervös. »Willst du das wirklich wissen?«, frage ich.

»Ja.«

»Es war einfach Kacke«, sage ich trotzig. »Das Internet im Restaurant funktionierte nicht, also habe ich mich fünf Stunden zu Tode gelangweilt. Jetzt zufrieden?«

Dantes Mundwinkel heben sich. »Sehr gut. Und sollen wir diese höflichen Antworten in Zukunft einfach sein lassen? Ich will wirklich wissen, was *du* denkst, Danielle, sonst würde ich nicht fragen.«

»Okay, aber …«

»Hallo, wo bleibt denn unser Bier?«, höre ich eine Stimme neben mir.

Ich blicke zur Seite. Robin!

»Oh, Shit«, sage ich.

Ich schnappe mir die vier Bierkrüge von der Bar. Der Schaum ist zusammengesackt, und das Bier sieht aus wie Orangenlimonade.

»Sorry«, murmele ich. »Vergessen.«

»Na, vielen Dank, Dany.« Robin sieht mich kopfschüttelnd an, als könnte sie nicht fassen, wie blöd ich bin. »Gib sie mir lieber, bevor du es noch schlimmer machst.« Sie reißt mir die Krüge aus den Händen. »Kommst du mit?«

»Danielle bleibt noch kurz hier«, sagt Dante, bevor ich etwas antworten kann.

Mir bleibt der Mund offen. Hat er gerade gesagt, dass ich noch kurz hierbleibe?

»Was?«, sagt Robin, die offenbar dasselbe denkt.

»Danielle bleibt noch kurz hier«, wiederholt er freundlich.

Robin sieht mich verblüfft an. »Dany?«

Ich könnte jetzt sagen, dass Danielle gar nicht noch kurz hierbleibt. Dass Danielle jetzt zu ihren Freundinnen zurückgeht. Aber das mache ich nicht. Ich nicke schweigend, als hätte ich keine eigene Meinung mehr.

Sie zuckt mit den Schultern. »Okay. Dann bis gleich.«

Ich schaue zu, wie sie zu Madelief und Loulou geht und die Geschichte wild gestikulierend nacherzählt. Drei Köpfe drehen sich in meine Richtung. Loulou sieht mich am längsten an. In ihren Augen liegt ein verächtlicher Blick. Plötzlich tut es mir leid, dass ich nicht mit Robin gegangen bin.

»Warum machst du das?«, frage ich Dante schnippisch.

»Was mache ich?«

»Entscheidungen für andere Menschen zu treffen.«

Dante lächelt leicht. »Meiner Ansicht nach hast du diese Entscheidung gerade selbst getroffen. Aber es steht dir natürlich frei, deine Meinung jederzeit zu ändern.« Das Lächeln wird breiter. »Auch wenn ich es natürlich schöner finde, wenn du bleibst.«

Seine Augen sind voller goldener Sprenkel. Mein Herz macht einen Satz. Ich will, dass er mich immer weiter anlächelt.

»Dann bleibe ich noch kurz«, sage ich heiser.

Dante lacht. »Du weißt wirklich, wie man es spannend macht. Komm, dann stelle ich dich meinen Mitbewohnern vor. Die fragen sich bestimmt schon, was ich wieder aushecke.«

Bevor ich protestieren kann, werde ich zu seinen Freunden mitgezogen.

»He, Mann, wo warst du denn die ganze Zeit?«, fragt der mit den blonden Strubbelhaaren.

»Ich habe mit jemandem geredet.« Dante schiebt mich vor. »Danielle, das ist Boaz. Boaz, das ist Danielle.«

Er schüttelt kurz und gelangweilt meine Hand. Alles an Boaz' Körper strahlt Desinteresse aus: Seine Schultern hängen, sein Blick geht an mir vorbei, und sein Mund ist ein schmaler unzufriedener Strich.

»Bleiben wir noch lange hier?«, fragt er. »Wir wollten doch ins *Little London.*«

»Bald«, antwortet Dante. »In einer Stunde oder so.«

»Oh Mann, das ist nicht dein Ernst. Eine *Stunde?*« Boaz

fasst sich an den Kopf, als hätte er plötzlich schreckliche Schmerzen. »Wir könnten doch auch jetzt schon gehen. Diese Kneipe ist total öde.«

»Ich sagte bald«, sagt Dante in einem harten Tonfall. »Oder soll ich es noch mal sagen?«

Boaz schweigt. Seine Augen sehen aus wie zwei schwarze Flecken, ohne jede Regung. Plötzlich lacht er laut auf. »Wie du willst. Gehen wir eben nachher. Auch gut.«

Dante nickt.

»Aber dann wirst du mir bestimmt ein bisschen Geld leihen.«

Ich brauche Dante nur anzusehen und kenne die Antwort.

»Nein«, sagt er. »Ich habe dir schon Geld geliehen. Das will ich erst zurück.«

Schweigen. Unbehaglich starre ich vom einen zum anderen. Was ist denn hier los?

Boaz sagt als Erster was. »Chill, das war nur Spaß. Den verstehst du doch wohl, oder?«

»Natürlich«, sagt Dante in einem Ton, der irgendwas zwischen distanziert und verärgert klingt.

»Hallo, ich bin auch noch da.« Der Junge mit den braunen Locken und den intensiven blauen Augen neben Boaz streckt mir die Hand entgegen. »Raf«, sagt er. »Mach dir nichts aus ihrem Gezanke, die haben sich immer in den Haaren. Man glaubt es kaum, aber sie sind echt dicke Freunde.«

Ich schüttele seine Hand. »Danielle.«

»Nett, dich zu treffen, Danielle.«

Rafs Blick wandert langsam über mein Gesicht. Ich habe den Eindruck, gemustert zu werden, aber es ist nicht mehr als ein vages, unangenehmes Gefühl.

»Habe ich dich schon mal gesehen?«, fragt er dann. »Du kommst mir so bekannt vor.«

»Äh, ja, gestern auf der Terrasse.«

»Auf der Terrasse?«

»Bei der Berghütte, unten an der schwarzen Piste.«

»Ah! Jetzt weiß ich es wieder. Du warst das Mädchen im Liegestuhl, das im Weg saß.« Raf legt seine Hand auf meinen Arm. »Da bist du mir gar nicht aufgefallen.«

Ich schaue auf seine Hand, die auf meinem Arm liegen bleibt, und weiß nicht so genau, was ich antworten soll.

»Gehst du mit raus eine rauchen?« Boaz hält Raf eine Schachtel Zigaretten vor die Nase.

Seine Hand gleitet von meinem Arm, und er fischt sich eine Zigarette aus dem Päckchen. »Zu einer Gratiskippe sage ich nicht Nein. Bis später!«

»Ciao«, sagt Dante.

Boaz geht ohne ein Wort weg.

»So«, sagt Dante und rückt näher zu mir. »Dann ist es jetzt Zeit, Danielle ein wenig besser kennenzulernen. Wo wohnst du in Amsterdam, wann hast du Geburtstag, hast du einen Freund?«

»Ich, äh, wohne in der Valeriusstraat. Und ich habe am 13. Juli Geburtstag.« Ich schaue ihn an und hoffe, dass ich seine letzte Frage überspringen kann.

»Die Valeriusstraat – schöne Wohngegend.«

»Ja.«

Wir schweigen.

»Und die Antwort auf meine letzte Frage?«

Shit. »Ich … ich habe keinen Freund«, sage ich zögernd.

»Hm«, sagt er. »Aber du hat einen Ex-Freund. Und der ist noch gar nicht so lange dein Ex.«

Woher weiß er das? Sprachlos starre ich ihn an.

»Habe ich recht oder nicht?« In seiner Stimme liegt etwas Triumphierendes.

Was soll ich antworten?

»Woher weißt du das?«, frage ich, um Zeit zu schinden.

»Du erzählst mir das alles.«

»Hä?«

Dante fasst mich am Kinn und drückt meinen Kopf sanft hoch, sodass ich ihn ansehen muss. »Dein Körper hält sich nicht an die Antworten, die du gibst. Dein Atem hat sich beschleunigt, als ich dir diese Frage gestellt habe.« Seine Hand lässt mein Kinn los und wandert zu meinem Rücken. »Und dann deine Schultern. Fühl mal, wie verspannt die sind. Wie heißt der Junge, der das auf dem Gewissen hat?«

Seine Hände massieren sanft meine Schulterblätter. Das Gefühl seiner Finger auf meiner Haut bringt mich aus der Fassung. Es ist, als würde ich dieses Stück Haut zum ersten Mal in meinem Leben tatsächlich spüren.

»Wie heißt er?«, wiederholt Dante leise seine Frage.

»Stan«, sage ich mit unsicherer Stimme.

»Bist du noch in Stan verliebt?«

»N-nein.«

Ich würde ihm jetzt alles erzählen. Alles. Solange er nur weitermassiert.

Aber er lässt mich los. »Schieb diesen Stan aus deinem Kopf, Danielle. Es hat keinen Sinn, deine Energie in etwas zu stecken, das vorbei ist.«

Ich nicke. Aber irgendwas stimmt nicht mit meinem Körper, ich zittere von Kopf bis Fuß.

Dann klingelt Dantes Handy. Mit gerunzelter Stirn schaut

er auf das Display. »Sorry«, murmelt er. »Das ist wichtig. Ich muss kurz eine Antwort schicken.«

Ich schaue zu, wie seine Finger über das Display fliegen. Schnell und ohne Zögern; alles, was er macht, strahlt Selbstvertrauen aus.

»Shit, ich habe hier drinnen keinen Empfang.« Dante lässt sein Handy in die Hosentasche rutschen. »Ich finde es blöd, dich allein zu lassen, aber ich muss diese Nachricht wirklich schnell abschicken. Ich bin in zwei Minuten zurück, okay?«

Wieder nicke ich.

Dante wendet sich zur Tür.

»Weißt du was«, sagt er auf einmal, während er sich halb wieder umdreht. »Du kannst natürlich auch mitkommen.«

»Wohin?«

Er lächelt träge. »Mit nach draußen.«

Die Worte bleiben zwischen uns hängen. *Mit nach draußen.*

Mir fallen unzählige Gründe ein, weshalb ich das lieber nicht tun sollte, aber ich sage: »Okay, warum nicht? Es ist ziemlich warm hier drin.«

»Dann komm.«

Er zieht mich mit. Bei jedem Schritt wird mein Mund trockener. Mache ich das hier wirklich? Gehe ich echt mit Dante nach draußen?

»Ladies first.«

Dante hält mir die Tür auf, und ich trete über die Schwelle.

Es schneit noch heftiger als vorhin. Im Licht der Straßenlaternen sind die Flocken zartgelb. Lautlos trudeln sie auf die verlassene Straße. Irgendwie bin ich erleichtert, dass Boaz und Raf nicht irgendwo hier rumstehen und rauchen.

»Mal schauen, ob ich jetzt Empfang habe.« Dante zieht sein

Handy aus der Tasche und tippt mit dem Daumen auf das Display. »Ah, Bingo.«

Ich höre ein schwirrendes Geräusch und weiß, dass seine Nachricht verschickt wurde.

Er sieht mich an.

Ich fühle mich so durchsichtig wie ein Eiskristall. Und ich hoffe, dass er auch diesmal meine Gedanken lesen kann. Ich will nicht rein. Ich will nicht rein.

»Ist dir kalt?«, fragt er.

Ich schüttele den Kopf.

Dante kommt einen Schritt näher und streicht mit einem Finger über meine Wange. Seine Wärme zieht in meine Haut.

»Eine Schneeflocke«, sagt er und grinst. Die Flocke schmilzt schnell auf seiner Fingerspitze. »Danielle?« Mein Name knistert in der Luft.

»Ja?«

»Du erinnerst mich an jemanden.«

»An wen?«, frage ich. Es scheint, als hätte ich vergessen, wie man atmet.

Ein Schatten fliegt über sein Gesicht. »Ach, nur jemanden von früher.«

Sein Kopf beugt sich vor. Ich spüre seinen Atem. Seine Wärme.

»Danielle«, sagt er wieder, aber jetzt klingt mein Name wie ein Seufzer.

Ich schließe die Augen und spüre, wie seine Lippen über meine streichen. Seine Hand greift in meinen Nacken, fasst meine Haare und zieht meinen Kopf leicht nach hinten. Ich stöhne, und seine Zunge gleitet in meinen Mund. Ich spüre sie überall. So bin ich noch nie geküsst worden. Schwindelig klammere ich mich an ihm fest. *Ich will mehr. Ich will ihn. Ich will …*

Hupen. Ein Auto schießt knapp an uns vorbei.

Dante lässt mich los und macht einen Schritt rückwärts.

»Shit«, murmelt er, während er sich mit einer Hand durch die Haare fährt.

Keuchend sehe ich ihn an. In seinen Augen sehe ich, wie der Abstand größer wird.

»Sorry, das hätte nicht passieren dürfen«, sagt er tonlos. Er starrt in die Ferne, als stünde ich dort und nicht direkt vor seiner Nase.

Plötzlich fühle ich mich so kalt wie die Außenluft.

»Es ist nicht deine Schuld«, fährt er fort.

»Nein.« Meine Stimme klingt matt.

Stille breitet sich aus. Sie schmerzt in meiner Kehle und lässt meine Augen brennen.

Dante sieht auf seine Uhr. »Shit, ist es schon so spät? Ich habe Boaz versprochen, noch mit in die andere Kneipe zu gehen. Kommst du mit rein?«

»Ich bleibe noch kurz hier«, sage ich heiser.

»Es ist sehr kalt, Danielle.«

Er klingt gereizt. Gut so!

»Komm bitte mit rein.« Ich sehe einen kleinen Muskel an seinem Kiefer zittern.

Mit zusammengekniffenen Augen bleibt er vor mir stehen. In Gedanken zähle ich die Sekunden. Ich bin bei sieben, als er sagt: »Wie du willst. Ich kann dich nicht zwingen, mitzugehen.«

Ich nicke.

»Wahrscheinlich sehe ich dich nicht mehr. Wir fahren morgen früh nach Amsterdam zurück.«

Ich habe das Gefühl, dass die Temperatur tief in mir noch weiter sinkt. Er fährt morgen früh zurück nach Amsterdam. Und das erzählt er mir jetzt erst!

»Schönen Urlaub noch.« Dante hebt die Hand und dreht sich um.

Der Schneevorhang verschluckt ihn fast sofort, als hätte es ihn nie gegeben.

TAG: 0

ZEIT: 22:23 Uhr

Allmählich wird es Zeit für das Wesentliche. Ich zwänge meine Finger in die Latexhandschuhe. Sie sitzen zu eng. Das ärgert mich. Warum machen sie solche Sachen immer zu klein?

Vorsichtig setze ich mich auf die Bettkante. Die Matratze sinkt ein unter meinem Gewicht. Wir sind nur wenige Zentimeter voneinander entfernt. Ihr ist nichts anzumerken. Keine Angst, keine Panik, keine Hysterie. Regungslos bleibt sie liegen.

Ich nehme ihren Arm. Wie eine Stoffpuppe lässt sie es zu. Meine Finger betasten ihre Haut, kneifen hinein, wie ein Metzger, der sein Fleisch prüft. Ein Gedanke überfällt mich. Dies sind die letzten Hände, die sie berühren werden. Ihr Körper ist zu meinem Besitz geworden. So wie ihre Mutter sie als Erste nach der Geburt festhalten durfte, werde ich sie als Letzte halten und zuschauen, wie ihr Licht erlöscht.

In nomine Dei. Im Namen Gottes. Ich spüre, wie die Tränen hinter meinen Augen brennen. Das überrumpelt mich. Das letzte Mal, dass ich geweint habe, ist Jahre her. Das muss noch in der Grundschule gewesen sein. Fast hatte ich vergessen, wie sich das anfühlt. Tränen sind ein Zeichen von Schwäche. Ein Wort, das auf mich nicht mehr zutrifft.

Ich bücke mich und hebe die Schere vom Boden auf. Das Licht der Deckenlampe spiegelt sich in ihren eisernen Klingen. Mit der Scherenspitze streiche ich über ihren Arm, die Ellenbogenbeuge entlang zum Oberarm. Hier ist die Haut dick und fleischig. Die Spitze dreht Runden auf ihrem Arm. Die Kreise werden immer kleiner, bis die Spitze innehält.

Ein wohliger Schauder zieht über mein Rückgrat. Ob sich ein Bildhauer genauso fühlt, wenn er seinen Meißel am rohen unbehauenen Felsen ansetzt? Bereit, die wahre Schönheit des Steins zu enthüllen?

Ich drücke die scharfe Spitze sanft in ihren Oberarm. Die Haut bekommt eine Delle, wird weiß rund um diesen Punkt. Ich verstärke den Druck. Die Spitze verschwindet tiefer in der Haut. Eine perfekte Kuhle im weißen Fleisch.

»W-was machst du?« Ihre Stimme sucht mich wie eine Blinde.

Das entlockt mir ein Lächeln. Die Blüte öffnet sich, endlich. Ich sauge ihre Angst auf, versuche zu fühlen, was sie fühlt. Für einen kurzen Augenblick sind wir eins geworden. Das ist noch intimer, als ich es mir hätte vorstellen können. Und das ist erst der Anfang.

Plötzlich drücken meine Hände die Schere durch die Haut. Ein paar Sekunden lang passiert nichts, als hätte ihre Haut noch nicht verstanden, was da gerade passiert ist. Aber dann füllt sich die kleine Wunde blitzschnell mit Blut. Dicke, dunkle Tropfen steigen auf und suchen sich ihren Weg hinaus.

»N-nein, n-nein.« Sie wimmert wie ein kleines Kind.

Ich wünschte, ich könnte ihr erklären, dass Schmerz auch befreiend wirken und all die anderen bedeutungslosen Gefühle ausschalten kann, sodass nur das Wesentliche übrig bleibt. Es ist die Angst vor dem Schmerz, die ihn unerträglich macht. Aber nur wenigen gelingt es, ihre Angst wegzuschieben und den Schmerz zu umarmen.

Das Wimmern wird kläglich, fast fiepend. Sie klingt wie ein junger Hund, dessen Pfote in einer Tür eingeklemmt ist. Plötzlich verspüre ich das Bedürfnis, sie zu trösten. Mein Mund nähert sich ihrem Oberarm, meine Lippen schließen sich um ihre Wunde. Ich fange an zu saugen. Der salzige, metallische Geschmack von Blut und Schweiß füllt meinen Mund. Meine Kiefer pressen noch ein wenig fester. Sie weint jetzt mit langgezogenen Schluchzern. Pst, sei still, denke ich. Ich bin bei dir. Du brauchst ...

Ein schrecklicher Schmerz flammt durch meinen Schädel.

So unerwartet und heftig, dass mir schlecht wird.

Was zur Hölle ...?

Ich kann nicht mehr klar denken. Meine Hände greifen nach meinem Kopf, versuchen, den Schmerz zu fassen, der in Wellen in meinem Schädel zerspringt. Fokussier dich! Lass dich nicht ablenken! Ich konzentriere mich auf meinen Atem. Sauge meine Lungen voller Luft. Ganz langsam zieht sich das Schmerzensmeer zurück.

Ich starre auf das Bett. Reglos liegt sie da, als wüsste sie nicht, was da gerade geschehen ist. Aber darauf falle ich nicht herein. Mein Blick scannt die Seile um ihre Handgelenke und Fußknöchel – unverändert straff. Aber wie ... Und dann sehe ich es. Eine rote Beule auf ihrem Kinn, groß wie ein Ei. Jetzt fügt sich alles zusammen. Diese Schlampe hat mir mit dem Kinn einen Stoß verpasst!

Wut brodelt wie kochend heißer Dampf durch meinen

Körper. Tief in meinem Inneren baut sich Druck auf. Zischend erwacht Der Schatten. Er holt aus, schlägt sie.

Das. Machst. Du. Nie. Wieder.

Meine Hand brennt, und ich keuche. Oder ist es Der Schatten? Ich mache einen Schritt zurück, damit ich sie ansehen kann.

Sie zittert vor Angst. Ich spüre, wie sich die Wut aus meinem Körper zurückzieht. Was bleibt, ist ein dumpfes, leeres Gefühl.

Meine Hand gleitet über ihren Körper, versucht, es wiedergutzumachen. Sie stöhnt leise. Ich unterdrücke das Bedürfnis, mich neben sie zu legen und sie in die Arme zu nehmen

TAG: -13

ZEIT: 07:15 Uhr

Der Bus fährt immer noch nicht los. Es ist früher Morgen, Viertel nach sieben, und wir warten seit einer halben Stunde, gefühlt eine halbe Ewigkeit. Der Fahrer sitzt vorn und telefoniert ausgiebig, als müsste er keine Busladung Niederländer nach Hause bringen. Und ich will so gern heim! Ich drücke die Nase gegen die Fensterscheibe. Die aufgehende Sonne färbt den Himmel violett.

»Wollt ihr auch was?« Loulou lehnt sich über den Sitz der Reihe vor mir, eine Tüte Lakritz in der Hand.

»Gern.« Madelief nimmt eins.

»Und du, Dany?« Die Tüte baumelt jetzt vor meiner Nase.

»Nein, danke.« Ich kann schon seit zwei Tagen kaum etwas essen. Es fühlt sich an, als wäre meine Kehle zu eng geworden.

»Wie du willst.« Loulou verschließt die Tüte. »Sollen wir Skribbl spielen?«

»Gleich vielleicht. Ich bin ein bisschen müde.«

»Müde? Sicher«, höhnt Loulou. »Du denkst bloß wieder an Dante.«

Ich zucke mit den Schultern und rutsche tiefer in meinen Sitz.

»Gestern hast du auch schon den ganzen Tag im Bett gelegen und gejammert, während wir Skifahren waren.«

»Ich war erkältet, deswegen bin ich nicht mitgekommen.« Mein Gesicht glüht.

»Erkältet, ist klar.«

Ich schaue zu Loulou. Sie gibt sich keinerlei Mühe, ihren Ärger zu verbergen. »Bist du fertig?«, frage ich.

»Nein!«, giftet sie. »Schlag ihn dir bitte aus dem Kopf. Knutsch mit einem anderen, sauf dich ins Koma, geh shoppen, plündere die Kreditkarte deines Vaters. Mach irgendwas, um diesen Typen zu vergessen.«

Nun kommt auch Robins Kopf zum Vorschein. »Willst du wissen, wie ich darüber denke?«

Eigentlich nicht. Ich sinke noch tiefer in meinen Sitz.

»Du hättest nicht mit ihm vor die Tür gehen sollen«, meint sie, ohne meine Antwort abzuwarten. Sie saugt ihre Wangen ein und tut so, als würde sie intensiv nachdenken. »Ich werde jetzt nicht sagen, wir haben dich gewarnt …«

»Aber du sagst es doch«, ergänzt Madelief mit einem Seufzer.

»Weil ich sie *mag.*«

»Vielleicht darf Dany dann einfach selbst bestimmen, mit wem sie rausgeht und mit wem nicht?«

»Und sich wieder so ein Stan-Trauma einfangen? Guck dir doch an, wie sie aussieht. Das hat ihr alles andere als gutgetan!«

Alle drei schauen mich an.

Ich werde knallrot und gucke weg. Was denken sie sich eigentlich? Dass ich eine Idiotin bin?

Wahrscheinlich haben sich Dante und seine Mitbewohner auch über mich schlapp gelacht. »Diese Danielle war echt superleicht rumzukriegen«, hat Dante bestimmt gesagt. »Ich hab sie gefragt, ob sie mit rauskommt. Und wisst ihr, was sie gemacht hat? Sie ist einfach mitgegangen! Wie ein zahmes Reh!«

Raf und Boaz haben bestimmt geschrien vor Lachen. Ich schäme mich zu Tode, dass ich auf Dantes Geflirte reingefallen bin.

»Sollen wir dann Skribbl spielen, Madelief?«, fragt Loulou.

Ich atme erleichtert auf.

»Nein, ich will lesen.« Madelief zieht ein Buch aus ihrer Tasche. »Vielleicht hat Robin ja Lust?«

»Kein Bock.«

»Mann!«, motzt Loulou. »Mit euch ist echt …«

Rüttelnd setzt sich der Bus in Bewegung.

»Wir fahren!«, ruft Robin. »Tschüs, Gerlos. Bis nächstes Jahr!«

Der Bus verlässt den Parkplatz und fährt auf die Straße.

»Vielleicht schlafe ich eine Runde«, sagt Robin und lässt sich auf ihren Sitz fallen. Ihr Kopf verschwindet.

Loulou rutscht auch runter. »Wehe, du schnarchst«, höre ich sie sagen.

Ich lehne den Kopf an die Scheibe und sehe, wie der Bus die letzten Häuser von Gerlos hinter sich lässt. Die Morgendämmerung verschluckt uns. Der Urlaub ist vorbei.

Ein Pfeifen. Gedankenlos checke ich auf meinem Handy, wer mir auf WhatsApp geschrieben hat. STANNIE steht auf dem Display. Mir wird augenblicklich anders, als hätte ich plötzlich einen Knoten im Magen. Vier Tage hat Stan sich nicht bei mir gemeldet. Ich dachte schon fast, es sei endlich vorbei. Aber ich hätte es wissen müssen – so leicht werde ich ihn nicht los.

Ich werfe einen Blick zur Seite. Madelief liest in ihrem Buch. Ich höre Robin und Loulou über irgendein Kleid von Mango reden, die haben auch nichts gemerkt.

So unauffällig wie möglich öffne ich die Nachricht.

Guten Morgen! Gut geschlafen?

Ein paar Sekunden später erscheint eine zweite Nachricht auf meinem Display.

Huhu? Ich weiß, dass du online bist ...

Wieder ein paar Sekunden später:

Hallo, hallo, hallo???

ICH MACHE MIR SORGEN!

Ich weiß, dass das erst aufhört, wenn ich etwas zurückschreibe.

Bin krank.

Schnell schalte ich mein Handy aus, bevor Stan noch mehr Nachrichten schicken kann.

Ich habe Stan vor vier Monaten auf dem Geburtstag meiner Mitschülerin Julia kennengelernt. Ich wollte eigentlich gar nicht auf ihre Party. Meine Mutter hatte mir in dieser Woche erzählt, dass sie zu ihrem neuen Freund nach Vught ziehen würde. Ich dürfte mitkommen, könnte aber auch bei Papa wohnen bleiben und meine Schule in Amsterdam zu Ende machen. Ich habe mich für meinen Vater entschieden, weil ich das Gefühl hatte, dass er meinen Kummer teilt: Ihm fehlte Mama auch so sehr, dass es wehtat. Wer konnte da ahnen, dass er schon wenige Monate später eine neue Freundin haben würde? Jetzt ist er kaum noch zu Hause.

Loulou, Robin und Madelief hatten mich an diesem Tag überredet, doch mit zur Party zu gehen. Sonst würde ich sowieso bloß allein zu Hause sitzen, heulen und den Streitereien meiner Eltern zuhören müssen, sagten sie. Also kämmte ich mir die Haare und schmierte Mascara auf die Wimpern meiner rotverweinten Augen. Auf der Party war viel los. Die ganze Klasse war eingeladen und noch einige andere, die ich nicht kannte. Einer von ihnen war Stan. Er fiel mir auf, weil er anders war. Alle amüsierten sich, tanzten, lachten, tranken, nur Stan nicht. Er stand ein wenig verloren herum und sah aus, als würde er sich fragen, was um Himmels willen er auf dieser Party verloren hatte. Ich wusste genau, wie er sich fühlte.

Als ich etwas zu trinken holen ging, war Stan zufällig auch gerade an der Theke. Wir kamen ins Gespräch. Es stellte sich heraus, dass er Julias Cousin war und glaubte, nur deswegen eingeladen zu sein. Er machte so ein betretenes Gesicht, als er das erzählte, dass ich lachen musste. Da fing auch er an zu lachen. Und sein ganzes Gesicht lachte mit: die blauen Augen, die Grübchen in seinen Wangen, seine blonden Locken, die auf- und abwippten.

Er bot mir ein Getränk an und fragte mich alles Mögliche: Woher ich Julia kannte. In welche Schule ich ging, ob ich in der Nähe wohnte. Er selbst war im Jahr zuvor nach Amsterdam gezogen, um Betriebswirtschaft zu studieren. Es war nett, mit ihm zu reden. Er schien aufrichtiges Interesse an meinen Antworten zu haben. Und bevor es mir richtig klar war, erzählte ich ihm von der Scheidung meiner Eltern und konnte meine Tränen nicht mehr runterschlucken.

Stan legte tröstend seine Hand auf meinen Arm. »Ich weiß,

wie es ist, sich einsam zu fühlen«, flüsterte er. »Ich habe innerhalb von zwei Jahren meine Mutter und eine gute Freundin verloren.«

Bei seiner Antwort stockte mir der Atem. »W-wie schlimm.«

»Meine Mutter hatte Bauchspeicheldrüsenkrebs. Und meine Freundin ist diesen Sommer … verunglückt.«

Stan schloss die Augen. Ich wagte es nicht, weiter zu fragen.

»Das t-tut mir leid«, stammelte ich und nahm seine Hand.

Er drückte sie und lächelte. »Danke.«

Als Stan am Ende dieses Abends fragte, ob ich vielleicht einmal mit ihm ins Kino gehen würde, sagte ich ohne Zögern zu. Und bei diesem Date haben wir uns das erste Mal geküsst. Es fühlte sich angenehm an. Vertraut. Als wären wir schon seit Jahren Freunde.

Danach trafen wir uns immer häufiger. Er kam oft nach der Schule bei mir vorbei. Dann konnten wir stundenlang über die Scheidung reden. Endlich gab es jemanden, der mir zuhörte. Und ich hörte seinen Geschichten zu.

Ich weiß nicht mehr genau, wann ich es allmählich beklemmend fand. Vielleicht als er zum zigsten Mal von seiner Mutter anfing. Oder als er wütend wurde, weil ich einmal keine Lust hatte, über meine Eltern zu reden und lieber einen Film gucken wollte.

Es war, als würde ich aus einem tiefen Winterschlaf aufschrecken. Auf einmal konnte ich meine Beziehung mit Stan aus der Distanz betrachten. Eigentlich hatten wir nur einen einzigen Berührungspunkt, und das war unsere Traurigkeit. Und durch seine Traurigkeit blieb ich auch in meiner hängen.

Also hatte ich allen Mut zusammengenommen und mit Stan Schluss gemacht. Er schaute mich an, als würde ich eine andere Sprache sprechen. Erst als ich es wiederholt habe, verstand er es. Er begann am ganzen Körper zu zittern und zerrte an seinen Haaren, so fest, dass er sich beinahe welche ausriss. »Nein«, murmelte er immer wieder, »nein«.

Das versetzte mich fast so sehr in Panik wie ihn. Diesen Stan kannte ich gar nicht. Ich versuchte ihm zu erklären, dass meine eigenen Probleme zu groß waren, um seine auch noch zu tragen.

Doch Stan hörte nicht zu. Er lief in meinem Zimmer Runden, als hätte er sich völlig verirrt.

»Aber ich liebe dich«, sagte er immer wieder. »Verstehst du das denn nicht?«

Ich schwieg, weil ich nicht wusste, was ich sagen sollte.

Schließlich setzte er sich auf mein Bett. Seine Augen waren rot vom Weinen. »Können wir denn trotzdem noch Freunde bleiben?«, fragte er mit ganz dünner Stimme.

In dem Moment hätte ich Nein sagen müssen. Aber ich hatte so große Angst, dass er dann wirklich zusammenbrechen würde. Also sagte ich: »Ja, natürlich können wir Freunde bleiben.«

Und das tut mir jetzt unendlich leid.

TAG: -13

ZEIT: 18:17 Uhr

Kabeljau mit sonnengetrockneten Tomaten oder Spaghetti mit Auberginen und Käsesauce? Ich halte zwei Supermarkt-Fertigmahlzeiten in den Händen, und eine sieht ekliger aus als die andere. Aber irgendwas muss ich ja essen. Als ich heute Mittag nach Hause kam, stand ich vor verschlossener Tür. Ich hatte meine Schlüssel nicht mit in den Urlaub genommen, weil ich davon ausgegangen war, dass mein Vater zu Hause sein würde. Doch das Haus war dunkel und verlassen.

Murrend hatte ich den Reserveschlüssel unter der Fußmatte hervorgezogen. Auf der Anrichte lagen ein 20-Euro-Schein und ein Zettel:

> *Liebes, war es schön beim Skifahren? Ich bin Last Minute mit Elise zu einem Golfwochenende gefahren. Sonntagnachmittag wieder zurück. Hier ein bisschen Geld, damit du etwas zu essen kaufen kannst. Viel Spaß! Kuss, Papa*

Seine Worte fühlten sich gemein und scharf an, als würden sie mitten durch meine Seele schneiden. Ich zerknüllte das Papier und versuchte mir vorzustellen, ich sei tot. Richtig tot. In den nächsten vierundzwanzig Stunden würde mich niemand vermissen. Ich würde erst entdeckt werden, wenn mein Vater nach Hause käme. Ob er sich dann schuldig fühlen würde?

Ich betrachte die Fertigmahlzeiten, GESUNDE WAHL steht darauf. Plötzlich habe ich große Lust, die Mahlzeiten ins Kühlfach zurückzulegen und meinen Einkaufskorb mit Schokoriegeln, Keksen und Chips zu füllen.

»Ich würde den Kabeljau nehmen«, sagt eine Stimme hinter mir.

Es ist, als bekäme ich einen Schlag in den Magen. Ich schnappe nach Luft und drehe mich mit einem Ruck um. Dante steht einen knappen halben Meter von mir entfernt, gekleidet in einen Militärmantel, Jeans und Turnschuhe. Ist das real, oder bin ich verrückt geworden?

»W-was machst du denn hier?«

»Einkaufen«, sagt er trocken.

»Oh.«

»Dachtest du vielleicht, ich wäre wegen dir hier?«, fragt er mit einem Grinsen.

»Nein, nein, natürlich nicht«, beeile ich mich zu sagen.

»Ich wohne hier in der Nähe, deswegen.«

»Ich auch«, sage ich. »Ich kaufe ein«, ergänze ich überflüssigerweise.

»Boah, ist nicht dein Ernst«, sagt Dante. »Und ich habe mich schon gefragt, was all diese Leute hier im Supermarkt wohl machen.«

Er lacht wieder. Warum, frage ich mich, lässt er mich im Urlaub in der Kälte stehen und tut jetzt so, als würde er sich freuen, mich zu sehen?

»Wann seid ihr aus Gerlos zurückgekommen?« Dante führt sein angebliches Schön-dich-wiederzusehen-Gespräch weiter.

»Heute Nachmittag gegen fünf.«

»Also ist das deine Willkommen-daheim-Mahlzeit?«

Ich nicke.

»Bist du heute Abend allein zu Hause?«

»Ja.«

Stille. Plötzlich werden mir meine Jogginghose und mein unförmiger Sweater sehr bewusst – wie konnte ich die nur anziehen?

Gerade, als die Stille zwischen uns ungemütlich zu werden droht, sagt er: »Danielle, wegen neulich …«

»Neulich?« Mein Herz klopft irre laut, ich höre es bis in meinen Kopf wummern.

»Ich bin dir eine Erklärung schuldig.«

Dante sieht mich mit einem so intensiven Blick an, dass ich die Augen niederschlage.

»Es tut mir leid, dass es so gelaufen ist«, höre ich ihn sagen. »Da gab es ein paar … Dinge, die hineingespielt haben. Es überfiel mich, was da zwischen uns passierte.«

Ich schaue ihn an. Dantes Blick ist weich wie Honig.

»Das hatte wirklich nichts mit dir zu tun, verstehst du das?«

Es klingt so aufrichtig, dass ich es ihm fast abnehme. Vielleicht sollte ich lieber gehen, bevor ich ihm wirklich glaube.

»Natürlich verstehe ich das. So etwas passiert nun einmal«, sage ich schnell. »Na ja, es war schön, dich wiederzusehen. Ich gehe zur Kasse. Bis dann, ja?«

Seine Hand schraubt sich um mein Handgelenk.

»Was machst du da?«, rufe ich erschrocken.

Dante schweigt kurz, als wüsste er es auch nicht. Dann fragt er: »Kommst du mit etwas trinken?«

Für einen Moment befürchte ich, gleich in Ohnmacht zu fallen, hier, mitten im Supermarkt.

»T-trinken?«, stammele ich.

»Ja, in einer Kneipe«, sagt er lächelnd. »Wir können auch etwas Essen gehen. Oder hängst du sehr an deiner Fertigmahlzeit?«

»Ich … Meine Einkäufe … ich muss sie zu Hause in den Kühlschrank räumen.« Ich weiß, wie wenig überzeugend das klingt.

»Du meinst den Liter Milch und die zwei Äpfel?« Mit einem schiefen Grinsen lugt Dante in mein Einkaufskörbchen.

Ich habe mich ins Abseits manövriert.

»Du kannst deine Einkäufe bei mir zu Hause abstellen.« Dantes Daumen streicht über meine Hand, ganz zart, und ich bekomme überall Gänsehaut. »Na, wie sieht's aus? Kommst du mit oder nicht?«

Es klingt, als hätte ich eine Wahl, aber ich weiß, dass das nicht stimmt. Dantes Daumen streichelt weiter, ganz gleichmäßig. Als wollte er das letzte bisschen Widerstand wegwischen. Und es funktioniert. Jede Faser meines Körpers fleht darum, bei Dante zu sein. Ich kann mich nicht länger selbst zum Narren halten.

»Aber nur kurz.« Meine Stimme klingt, als hätte ich Schmirgelpapier verschluckt. »Ich will nicht zu spät zu Hause sein.«

»Selbstverständlich.« Seine Augen leuchten.

Dante trägt meine Einkaufstasche, als wären wir ein Paar und hätten zusammen eingekauft. Heute Morgen hatte ich noch gedacht, ich würde ihn nie wiedersehen. Und jetzt läuft er hier neben mir, und wir gehen zusammen etwas trinken. Das ist fast zu verrückt, um wahr zu sein.

»Es ist nicht weit«, sagt er. »Ich wohne gleich hier um die Ecke.«

»Prima.« Selbst wenn er gesagt hätte, er würde in Afrika wohnen, wäre ich mitgegangen.

Wir überqueren die Straße und kommen in die Jacob Obrechtstraat.

»Hier ist es.« Dante bleibt vor einer orange gestrichenen Haustür stehen. »Willkommen in unserer Villa.«

Die Tür schwenkt auf, und ich betrete die Diele. An der Wand hängt ein Holzregal mit fünf Postfächern. Ich lese die Namen: ZARA, BOAZ, RAF, DANTE, NINTHE. Dante stellt unsere Einkäufe auf den Boden und fischt die Post aus dem Fach mit seinem Namen. Schnell blättert er den kleinen Stapel durch und legt sie anschließend wieder zurück. *Schön, dann können wir ja jetzt los,* denke ich.

Doch Dante sagt, er will unsere Einkäufe nach oben bringen und seine Mitbewohner kurz begrüßen.

Sofort verkrampft sich mein Magen. Seine Mitbewohner?

»Danielle.« Dante sieht mich an. »Nicht nervös sein, dafür gibt es überhaupt keinen Grund.«

Oh ja, ich hatte vergessen, dass Dante einen eingebauten Sensor für meine Gefühle hat.

»Sei einfach du selbst, dann kann nichts schiefgehen. Kommst du mit hoch?«

Ohne meine Antwort abzuwarten, geht er die Treppe hinauf. Es bleibt mir nichts anderes übrig, als ihm zu folgen. Im Treppenhaus hängt ein leicht süßlicher Geruch, und mit jeder weiteren Stufe werden die Geräusche lauter. Jemand lacht, und irgendwo dröhnt ein Fernseher. »Was für ein Schlappschwanz, dieser Daley Blind«, höre ich eine männliche Stimme rufen. »Kann er nicht einfach mal diesen Ball ins Tor treten? Dafür wird er doch bezahlt!«

Oben an der Treppe befinden sich drei Türen und eine

Treppe zum zweiten Stock. Dante geht zu der Tür mit einem Schild: FÜR UNBEFUGTE VERBOTEN. Meine Beine folgen ihm unwillig.

Dantes Gefühlsdetektor funktioniert wieder einwandfrei.

»Keine Angst«, flüstert er und schiebt mich über die Schwelle.

Es ist noch schlimmer, als ich dachte. Vier Augenpaare starren mich an, als käme ich von einem anderen Planeten. Schnell wende ich den Blick ab. Ein Fußballspiel im Fernsehen. Ein überquellender Aschenbecher. Kerzen in leeren Weinflaschen. Eine Kiste Bier. Ein Poster mit einem Playmate. Das ist eine Welt, die meilenweit von meiner entfernt ist. Plötzlich fühle ich mich sehr dumm und sehr jung.

»Wie steht's?«, fragt Dante, den offenbar nichts daran stört.

»Ajax liegt 2:1 zurück«, sagt Boaz und nimmt einen Zug von einem üppigen Joint. »Mann, das ist wirklich ein unsägliches Spiel. Dieser Idiot von Blind lässt alle Chancen verstreichen.«

Boaz sieht zu mir hinüber, aber es kommt kein Wort über seine Lippen. Plötzlich bin ich mir sicher, dass er mich nicht ausstehen kann. Was um Himmels willen habe ich falsch gemacht?

»Hast du was zum Futtern mitgebracht?«, fragt er Dante.

»Pizza.« Dante stellt die Einkaufstasche auf den Boden. »Aber du darfst sie selbst in den Ofen schieben. Ich gehe mit Danielle was trinken.«

Alle Blicke richten sich wieder auf mich.

Irgendwie gelingt es mir, ein »Hallo« zu murmeln.

Niemand antwortet. Ich rede mir ein, dass es nicht unfreundlich gemeint ist. Oder doch?

Das Mädchen mit den langen roten Haaren links von Boaz,

sagt als Erste etwas. »Hi, Danielle, ich bin Zara.« Sie grinst. Zum Glück, denn jetzt fühle ich mich ein bisschen weniger elend.

»Ich esse heute Abend auch nicht mit«, fährt sie an Dante gewandt fort. »Els und Machtheld holen mich gleich ab. Wir gehen Spareribs essen.«

»So wie damals in Sneek«, sagt Dante, und ich höre an seiner Stimme, dass er Zara sehr mag.

»Oh ja, Sneek, das hatte ich fast vergessen.« Sie lacht auf, hell und fröhlich hört es sich an. »Mich kriegst du nie wieder auf ein Segelboot. Das war echt ein Horrorurlaub.«

Auch Dante lacht. Ich verstehe nicht, was daran so lustig ist. Ich wünschte, ich wäre Zara, und Dante würde so laut über meine Bemerkungen lachen.

»Woher kennt ihr euch, Dante und du?« Zara sieht mich wieder an.

Sag was, denke ich. »V-vom Wintersport.« Die Antwort klingt so furchtbar … langweilig!

»Wir haben uns in Gerlos getroffen«, ergänzt Dante. »Und eben dann ganz zufällig im Supermarkt.«

»Wie nett!« Zara klatscht in die Hände, als fände sie es wirklich nett.

»Das ist Ninthe.« Dante zeigt auf das Mädchen mit kurzen blonden Haaren und mandelförmigen grünen Augen. Ninthe trägt ein schwarzes kurzes Kleid und ist sehr groß und dünn. Sie ist nicht einfach schön, sie ist bildschön. Neben ihr fühle ich mich unsäglich plump.

Ninthe sieht mich kühl und reserviert an.

»Hallo«, murmele ich wieder, weil mir nichts Besseres einfällt.

Sie ignoriert meine Begrüßung und wendet sich an Dante.

»Boah«, sagt sie langsam. »Was für eine Überraschung.«

Stille tritt ein. Ich sehe, wie Zara fast unmerklich den Kopf schüttelt, und wie Raf und Boaz einen schnellen Blick wechseln.

»Was meinst du?«, fragt Dante tonlos.

»Och, nur so.« Ninthe räkelt sich träge wie eine Katze auf der Fensterbank. »Ich hätte es nicht erwartet. Zumindest nicht so schnell.«

»Tja, die Zeit fliegt eben, wenn man Spaß hat«, sagt Dante ohne jegliche Emotion in der Stimme.

Ninthe und Dante blicken sich starr an. Es ist, als würden sie ein Gespräch ohne Worte führen, dessen Tragweite mir völlig entgeht.

»Leute, geht's auch ein wenig netter?«, fragt Zara.

Ninthe verschränkt die Arme. »Komm schon, das war nur ein Scherz.«

»Na, ich lach mich kaputt«, sagt Raf und dreht sich dann zu mir um. »Hallo, Danielle.« Ich nicke, noch leicht verwirrt von dem Gespräch gerade eben. »Schön, dich wiederzusehen.« Er lächelt mich an, als wäre ich extra für ihn hier. »Alles in Ordnung bei dir?«

»Äh, ja.«

»Wir gehen«, sagt Dante. »Kann jemand das Bier, das ich gekauft habe, in den Kühlschrank stellen?«

»Mach ich gleich«, sagt Zara.

»Ciao, Leute.« Dante dreht sich um.

Angespannt gehe ich hinter ihm her zur Tür. Ich spüre ihre stechenden Blicke im Rücken. Sobald die Tür hinter mir zufällt, reden sie bestimmt wieder über mich, und ich fürchte, ich werde nicht gut dabei wegkommen. Also sollte ich lieber so tun, als würde es mir nichts ausmachen. Die Schultern zurück und die Haare nach hinten werfen, wie Loulou es oft macht – ich hoffe nur, es wirkt selbstsicher und nicht so dumm und stümperhaft, wie ich mich fühle.

TAG: -13

ZEIT: 20:54 Uhr

Ich ziehe die letzte Fritte durch die Majo und stecke sie mir in den Mund.

»Hat's gemundet, Gnädigste?«, fragt Dante lächelnd. »Oder hätten Sie doch lieber eine Fertigmahlzeit mit Kabeljau verspeist?«

»Die Schweinefilet-Satésauce erfüllte ihren Zweck«, sage ich und grinse, während ich die Erdnusssoße von meinem Finger lecke. »Obwohl es natürlich schon schwierig ist, die kulinarischen Qualitäten unseres Supermarkts zu übertreffen.«

»Sie lügen.«

»Das stimmt.«

Wir müssen beide lachen – Klänge, die ich gern immer hören würde.

Erst hatte ich Angst, ich hätte beim Essen nichts zu erzählen. Aber das Gespräch lief wie von selbst. Dante hat von seinem Studium erzählt. Dass er als Gefäßchirurg bei einem spitzenmäßigen akademischen Krankenhaus arbeiten und dort promovieren will. Er erzählte so begeistert davon, dass ich atemlos zuhörte.

»Möchtest du noch Wein?«, fragt Dante, die Flasche in der Hand.

Ich zögere. Das wäre mein drittes Glas, und mein Kopf

fühlt sich jetzt schon ein wenig leicht und schwindelig an. Vielleicht sollte ich es lieber lassen.

»Du darfst ruhig Nein sagen«, sagt Dante lächelnd.

»Ich … einen ganz kleinen Schluck noch.«

Dante schenkt mir ein wenig ein, und füllt sein Glas bis zum Rand.

»Hast du eigentlich schon immer in Amsterdam gewohnt?«, frage ich und trinke einen kleinen Schluck.

»Ich bin in Hilversum aufgewachsen. Erst nach der weiterführenden Schule bin ich nach Amsterdam gezogen.«

»Wohnen deine Eltern noch in Hilversum?«

»Nein.« An seinem Kiefer zittert ein kleiner Muskel. Das hätte vielleicht eine Warnung sein sollen, nicht weiterzufragen, aber der Wein hat mich ein wenig übermütig gemacht. »Wo wohnen sie denn jetzt?«

Plötzlich ist es, als wäre der Dante, mit dem ich mich unterhalten habe, verschwunden. Sein Gesicht wirkt wie eine distanzierte Maske.

»Meine Mutter starb, als ich neun war«, sagt er ausdruckslos. »Meinen Vater habe ich danach nie wiedergesehen, ich weiß also nicht, wo er wohnt.«

Seine Antwort erschreckt mich so sehr, dass ich nicht weiß, was ich sagen soll.

»Mach dir keine Sorgen, ich bin nicht auf der Straße aufgewachsen.« Er lacht kurz, aber freudlos. »Ich bin in einer Pflegefamilie gelandet. Sonst noch Fragen zu meiner Vergangenheit?«

Fast unverständlich bringe ich einen Satz heraus: »Ich … was … wo … Woran ist deine Mutter … gestorben?«

Er seufzt. »Krebs. Eines Tages hatte sie einen kleinen Knoten in der Brust entdeckt. Vier Monate später war sie tot. Mein

Vater verschwand am Tag nach dem Begräbnis. Er schaffte es nicht, für sich oder mich zu sorgen.«

Seine Augen starren auf etwas, das ich nicht sehen kann. »Ich wurde in einer Pflegefamilie in Hilversum untergebracht. Plötzlich hatte ich fünf Brüder und fünf Schwestern. Meine Pflegeeltern sind strenggläubig, und sie hielten es für ihre Pflicht, Pflegekinder aufzunehmen. Aber manchmal waren sie mehr mit Gott beschäftigt als mit ihrer Familie.«

Ich versuche mir vorzustellen, wie es ist, als neunjähriges Kind Mutter und Vater zu verlieren und danach in eine Pflegefamilie zu kommen. Das muss schrecklich sein. Ich will seine Hand nehmen und ihn wissen lassen, dass ich verstehe, wie er sich gefühlt hat. Der gequälte Blick in seinen Augen hält mich allerdings davon ab.

»Gut, das war meine Geschichte. Erzähl mir etwas über deine Eltern.« Der Themenwechsel ist so abrupt, dass ich ihn ein paar Sekunden lang sprachlos anschaue.

»M-meine Eltern?«, stottere ich dann.

»Ja, du weißt schon, die Leute, die behaupten, dich in die Welt gesetzt zu haben.«

Dantes Gesichtsausdruck ist neutral, als hätte er nicht gerade allerlei schreckliche Dinge aus seiner Vergangenheit erzählt.

Warum will er jetzt über meine Eltern reden? Ich starre auf meine Hände, die sich an einen Bierdeckel klammern.

»Das ist nicht gerade viel«, sagt er als Antwort auf mein Schweigen. »Deine Eltern müssen … besonders interessante Persönlichkeiten sein.«

Ich schaue auf.

»Na, kommt da noch was?«

Ich muss wohl was sagen, nach allem, was er mir gerade offenbart hat.

»Meine Eltern haben sich vor ein paar Monaten scheiden lassen.«

Ich zupfe an dem Bierdeckel.

»Hm-m.« Er nickt. »Aus welchem Grund?«

Ich suche nach Worten, die es weniger schlimm machen, aber ich finde sie nicht. »Meine … meine Mutter ist mit ihrer Jugendliebe durchgebrannt. Sie wohnt jetzt wieder in Brabant, in dem Dorf, in dem sie aufgewachsen ist.«

Dante sagt nichts, sieht mich nur an.

Meine Finger zerlegen den Bierdeckel in Schnipsel. »Ich hätte mit ihr umziehen können.« Ich schnaube. »Na, vielen Dank. Lieber sterbe ich, als bei meiner Mutter und ihrem neuen Freund zu wohnen.«

Es ist seltsam, Dante davon zu erzählen. Ich habe ihn gerade erst kennengelernt, aber er weiß jetzt schon fast alles über mich.

»Also wohnst du jetzt bei deinem Vater?«, fragt er.

»Ja.« Der Bierdeckel muss jetzt wirklich herhalten – es bleibt nichts von ihm übrig.

»Und darüber bist du nicht glücklich.«

»Nein. Er hat seit Kurzem eine neue Freundin.«

Ich schließe die Augen und höre in Gedanken wieder, wie mein Vater vor ein paar Wochen erzählte, er hätte eine neue Freundin. Elise sei ihr Name, und er sei ihr auf einer Party begegnet. Es fühlte sich wie Verrat an. Ich hatte mich für ihn entschieden. Und jetzt ließ er mich rücksichtslos fallen.

»Mein Vater ist ein Arsch«, schnaube ich und fahre mir mit der Hand durch die Haare. »Heute Abend schläft er wieder bei der Trulla.«

Dante fängt an zu grinsen. Anscheinend findet er meine Geschichte sehr witzig, als wäre ihm nicht klar, wie verzweifelt ich bin. Tränen steigen mir in die Augen. Ich ziehe die Nase hoch, aber die erste Träne rollt schon aus meinem Augenwinkel.

»Das ist echt nicht witzig«, schnauze ich ihn mit belegter Stimme an.

Dante nimmt meine Hand. Ein Schock durchfährt mich. Warum reagiere ich bloß so heftig auf ihn?

»Ruhig, Danielle«, sagt er leise. »Ich lache dich nicht aus. Ich lache, weil ein halber Bierdeckel in deinen Haaren klebt.«

»Hä?«

Seine Hand berührt meinen Kopf. Vorsichtig streicht er die Schnipsel aus meinen Haaren. Es fühlt sich an, als würde er meinen ganzen Körper streicheln.

»Hör mir gut zu, Danielle. Es ist sehr traurig, dass deine Eltern so einen Trümmerhaufen aus ihrem Leben gemacht haben. Aber du bist nicht für deine Eltern verantwortlich. Du musst kein Opfer ihrer Situation werden. Du musst deinen eigenen Weg gehen. Verstehst du das?«

Ich beiße mir in die Wange. Vielleicht hat er recht. Okay, meine Eltern sind geschieden. Aber ist das mein Problem?

»Loslassen«, sagt Dante.

»Wie bitte?«

»Deine Wange.«

Erstaunt höre ich auf zu kauen. Meine Zunge fährt über die Innenseite meiner Wange. Sie ist rau, und ich schmecke Blut.

Dante sieht auf seine Uhr. »Es ist halb elf. Ich muss morgen den ganzen Tag lernen. Montag habe ich eine Anatomieprüfung.«

Natürlich, der Abend musste irgendwann enden. Aber trotzdem bin ich enttäuscht, dass er jetzt schon nach Hause will.

»Kommst du mit zu mir, oder bringe ich dich nach Hause?«

»W-was?«

»Ich fragte, ob du bei mir schlafen willst oder lieber zu Hause?«, wiederholt Dante mit ausdruckslosem Gesicht.

Ich stoße ein unverständliches Gemurmel aus. Er fragt, ob ich bei ihm schlafen will! Hilfe. Was soll ich tun?

»Ist das ein Ja oder ein Nein?« Seine Augen leuchten amüsiert auf.

»Ich … ich … ich …«

»Danielle, nur die Ruhe. Ich schleife dich bestimmt nicht an den Haaren ins Schlafzimmer. Du entscheidest.«

Ich schaue ihn an und weiß, dass mein Gesicht knallrot ist.

Sein Daumen streichelt meine Hand, als wüsste er, dass ich dann nicht mehr klar denken kann.

»Und, wie entscheidest du dich?«, fragt er gelassen.

»Ich … ich komme mit dir«, sage ich mit unsicherer Stimme. »Aber … aber …«

»Pst.« Er legt seine Finger auf meine Lippen, und ich verstumme. »Alles gut.«

TAG: -13

ZEIT: 23:21 Uhr

Dantes Zimmer ist aufgeräumt und funktional eingerichtet. Es gibt ein Bett, einen Schrank und einen Schreibtisch, und das war's. An den schneeweißen Wänden hängt kein Poster, nirgends liegen Zeitschriften oder Bücher herum, und auf seinem Schreibtisch ist nicht mal ein Stift zu sehen. Sein Zimmer ist so ordentlich, dass es fast befremdlich wirkt. Dante sieht mich an, und sein Blick macht mich nervös.

Ich verschränke die Arme, presse sie fest an meinen Körper.

»Hübsches Zimmer«, sage ich, weil ich nicht weiß, wie ich mich verhalten soll. »Ist das ein IKEA-Schrank? So einen haben wir zu Hause auch.«

Dante schüttelt den Kopf.

Ich breche in Lachen aus, weil ich so schrecklich nervös bin. »Wo hast du ihn denn gekauft?«

»Halt den Mund, Danielle«, sagt er scharf.

Erschrocken starre ich ihn an. »Aber ich … ich …«

»Ich sagte, du sollst den Mund halten. Ich will nicht über Schränke mit dir reden.«

Ich merke, dass ich immer mehr schrumpfe. Am liebsten würde ich wegrennen. Aber ich starre ihn nur weiter an.

»Ich will etwas ganz anderes mit dir machen«, fährt er leise fort. Die Wut in seiner Stimme ist verflogen, als hätte es sie nie gegeben. »Könnte das dein erstes Mal werden?«

»Ja ... nein ...« Ich versuche das Bild des misslungenen Versuchs von Stan und mir zu verdrängen. Im letzten Moment hatte ich einen Rückzieher gemacht. Der Blick in Stans Augen war damals voll Unverständnis gewesen.

Ich recke die Schultern und sage: »Ja.«

Dante nimmt meinen Kopf zwischen seine Hände und sieht mich an. »Ich will sicher sein, dass du das hier wirklich willst. Jetzt kannst du noch zurück.«

Ich hole tief Luft und schüttele den Kopf.

»Dann machen wir ernst«, sagt er heiser.

Er küsst mich. Kleine federleichte Küsse. Auf meine Nasenspitze, meine Wangen, meine Augen, meinen Mund. Alles in meinem Körper fleht um mehr.

Seine Hände umfassen den Saum meines Pullovers. Fragend sieht er mich an. In meinen Augen liest er, dass es in Ordnung ist. In einer Bewegung zieht er mir Pulli und Top über den Kopf, sodass ich im BH vor ihm stehe. Das fühlt sich sehr nackt und unbehaglich an. Ich versuche mich hinter meinen Armen zu verstecken.

Dante zieht meine Handgelenke weg. »Dafür gibt es überhaupt keinen Grund, Danielle.«

Er betrachtet mich von Kopf bis Fuß und lächelt leicht. »Du bist wunderschön. Du solltest stolz sein auf deinen Körper.«

Meine Scham schmilzt unter seinem Blick. Für einen kurzen Augenblick fühle ich mich sogar schön, eine merkwürdige Wahrnehmung.

Dante streichelt meinen Rücken. Jeder Zentimeter bekommt seine ungeteilte Aufmerksamkeit. »Du bist so weich«, murmelt er. Seine Finger kriechen unter den BH-Verschluss. Ich atme scharf ein.

»Soll ich aufhören?«

»Nein«, keuche ich. »Nein.«

Er öffnet meinen BH und lässt die Träger von meinen Schultern rutschen. Meine Brüste verschwinden in seinen Händen. Mir entschlüpft eine Mischung aus einem Seufzer und einem Stöhnen.

Ich spüre, wie seine Finger weiter nach unten wandern. Seine Daumen haken sich hinter den Bund meiner Jogginghose. Und dann stehe ich plötzlich nackt vor ihm. Unsicher schaue ich Dante an.

»Oh, Danielle«, sagt er heiser.

Er legt die Arme um mich und küsst mich so intensiv, dass ich nach Luft schnappe. Seine Zunge dringt noch tiefer in meinen Mund ein. Es ist irre zu spüren, wie heftig mein Körper reagiert. Meine Arme ziehen seinen Kopf noch dichter an meinen, meine Hüfte drängt sich ihm entgegen. Alles geht ganz von allein.

»Warte kurz«, brummt Dante und löst sich aus meiner Umarmung.

Ohne seinen Blick von mir zu nehmen, fängt er an, sich auszuziehen. Erst den Pulli, dann das T-Shirt. Mein Blick huscht über seinen Oberkörper. Dunkle Haare kräuseln sich über den Rand seiner Boxershorts. Seine Arme sind gebräunt und muskulös. Über seine Unterarme verlaufen Narben, kreuz und quer in alle Richtungen, als hätte ein kleines Kind sie gezeichnet.

Dantes Mundwinkel heben sich. Er weiß, dass ich ihn anschaue. Seine Hände gehen zu seiner Jeans. Ganz langsam knöpft er seine Hose auf und lässt sie zusammen mit den Boxershorts auf den Boden rutschen. Ich bin über mich selbst überrascht, dass ich weiter hinschaue. Es scheint fast, als klebten meine Augen an ihm. Das ist echt! Das ist Dante! Und er verlangt nach mir!

»Vertraust du mir?«, fragt er.

»Ja.« Meine Antwort knistert durch die Luft, die unter Hochspannung zu stehen scheint.

Dante hebt mich hoch, als würde ich nichts wiegen. Ich muss darüber lachen.

»Pst«, sagt er und drückt seine Lippen auf meinen Mund. Er setzt mich auf seinem Bett ab und legt sich neben mich. Gemeinsam rollen wir in die Kuhle seiner Matratze.

Haut an Haut. Seine Beine um meine Beine. Er ist überall. Ich versuche alles in mir aufzunehmen, damit ich nichts vergesse: die Wärme in seinen Augen, seinen Duft, den Geschmack seiner Lippen.

Dante bringt seinen Mund zu meinem Bauch und bläst sanft darüber, während seine Finger um meinen Nabel kreisen. Gänsehaut breitet sich auf meinem Körper aus.

»Ist dir kalt?«

Ich schüttele den Kopf, unfähig, etwas zu sagen.

Seine Hände kneten die Innenseite meiner Oberschenkel, kriechen weiter hoch, berühren mich an Stellen, an denen mich noch nie jemand berührt hat. Mein Verlangen wächst, tut fast weh. Jede einzelne Zelle in meinem Körper will ihn.

Das Geräusch von Folie, die aufgerissen wird. Dante streift ein Kondom über. Seinen geschickten Bewegungen nach hat er das schon öfter getan.

Er legt sich auf mich. Mit einem Bein schiebt er meine Beine auseinander. Ich hebe meine Hüfte leicht an, sodass wir nur noch einen Millimeter voneinander entfernt sind. Ich weiß nicht, ob das richtig ist. Ich weiß nicht, ob es falsch ist. Ich weiß nur, dass ich das tun muss. Jetzt!

Dante dringt in mich ein.

Ein stechender Schmerz. Ein stiller Schrei entschlüpft mir. Dante küsst ihn weg.

»Entspann dich«, sagt er. Seine Finger streichen über meine Wangen, meine Lippen, mein Kinn.

Ich entspanne mich und spüre, wie der Schmerz wegzieht.

»Gut so«, murmelt er.

Dante fängt an sich zu bewegen. Seine Hüfte drückt mich noch weiter in die Matratze. Ich schlinge meine Beine um ihn. Wo ich ende, beginnt Dante. Ich klammere mich an seinem Rücken fest, weil ich befürchte, sonst davonzuschweben. Das Gefühl ist so überwältigend, dass ich die Augen schließe.

»Sieh mich an, Danielle.«

Ich tue, was er sagt. In seinen Augen spiegelt sich mein eigenes Verlangen. Und noch etwas anderes sehe ich. Angst.

Aber ich habe keine Zeit, darüber nachzudenken. Ich spüre seinen heißen Atem an meinen Lippen. Seine verschwitzte Haut an meiner. In mir schwillt etwas an. Es wächst, wird größer, führt ein Eigenleben. Und dann verliere ich mich ganz und gar.

»Dante!«, höre ich mich rufen.

Seine Finger krallen sich in meine Schultern, und sein Atem stockt.

Er fällt auf mich. Ein paar Sekunden rührt er sich nicht. Dann nimmt er mich in die Arme und drückt mich an sich. Er küsst mich auf die Nasenspitze.

»Weinst du?«, fragt er besorgt.

Tue ich das? Ich streiche mit den Fingern über meine Wange und spüre, dass sie nass ist.

»Ich … ich …« Ich fange an zu lachen.

Kann man weinen und lachen zugleich? Es ist, als hätte ich heute ein neues Leben begonnen. Als würden alle Minuten, die ich davor gelebt habe, nicht mehr zählen.

Dantes Finger verhaken sich in meinen. »Oh, Danielle«, murmelt er mir ins Ohr. »Was machst du nur mit mir?«

TAG: 0

ZEIT: 22:37 Uhr

Ich wusste es sofort, als ich sie zum ersten Mal sah. Es war, als würde der Blitz einschlagen – als gäbe Gott selbst mir ein Zeichen. Sie war so schön, so rein. Ich konnte meinen Blick nicht von ihr abwenden. Molligkeit kann Mädchen hässlich machen. Aber bei ihr war es anders: Ihr Gewicht machte sie verletzlich, fast durchscheinend. Es war beinahe so, als könnte ich ihre Gedanken lesen.

Tief in mir erwachte etwas. Monatelang war es ruhig gewesen, aber plötzlich war da wieder ein Mädchen. Das traf mich so tief, dass es wehtat. Aber ich war auch dankbar. Sie war zu mir geflogen wie eine Motte zur Lampe. Und so bekam ich die Gelegenheit, sie zu fangen und zu sezieren, bevor sie alles kaputt machte.

Aber jetzt ist sie ungezogen gewesen. Sehr ungezogen. Sie hat Den Schatten herausgefordert. Fast hätte er ihr schon den Gnadenstoß verpasst, aber wie durch ein Wunder hat er sich wieder ins Dunkel zurückgezogen. Manchmal hasse ich Den Schatten, aber ich weiß auch, dass ich nicht ohne ihn leben kann. Er hat mich aus dem tiefsten und schwärzesten Tal gezogen. Aber der Preis, den ich dafür zahlen muss, ist hoch.

Für diesen Kinnhaken werde ich sie bestrafen müssen.

Sie muss kapieren, wer hier das Sagen hat. Ich dachte, sie sei längst gebrochen und in tausend Stücke zerfallen. Aber sie ist überraschend stark.

Ich lasse das Seil durch meine Hände gleiten wie eine kostbare Kette. Zum Glück habe ich noch ein Extrastück mitgenommen.

Ich lege es doppelt zu einer Schlinge und wickele das untere Ende wie eine Schlange darum. Immer wieder, bis eine Schlinge mit einem verschiebbaren Knoten entstanden ist.

Ich nehme ihren Kopf in meine Hände. Zitternde Wangen, ihre Unterlippe, die sie vor Angst nach innen zieht. Ein Funken Mitleid schwelt in mir. Ich hoffe, sie sieht ein, dass ich das hier nicht aus Hass mache, sondern ganz im Gegenteil, aus Liebe.

Vorsichtig lege ich ihr die Schlinge um den Hals.

»N-nein, bitte, tu das n-nicht.« Ihre Stimme hat an Stärke verloren. Aber nach diesem Angriff kann ich ihr nicht mehr vertrauen.

Mit einer geübten Bewegung ziehe ich den Knoten straff. Jetzt ist nur noch ein Fingerbreit Spiel zwischen dem Seil und ihrem Hals. Das reicht, um sie ständig an die neue Grenze zu erinnern, die ich gezogen habe. Das Ende des Seils knüpfe ich an einen der Bettpfosten. Wenn sie schlau ist, bleibt sie reglos liegen.

Die Einfachheit der Konstruktion rührt mich. Fast hat es etwas Symbolisches. Ich lächele und spüre, wie meine Augen feucht werden. Ich habe sie gefangen. Und dadurch wird sie mich befreien.

TAG: -12

ZEIT: 11:33 Uhr

»Aha, die verlorene Tochter ist endlich zurück.« Mein Vater schlägt die Zeitung zu und schaut mich über den Rand seiner Lesebrille an.

Ein paar Sekunden lang weiß ich nicht, was ich sagen soll. Was macht er hier? Er sollte doch erst heute Nachmittag nach Hause kommen, aber jetzt sitzt er in der Küche mit einem Blick, als hätte ich sein Haus angezündet. Ich habe meinen Vater noch nie so wütend gesehen.

»Ich habe den ganzen Vormittag versucht, dich anzurufen, aber du bist nicht drangegangen«, sagt er mit einer Stimme, die vor zurückgehaltener Wut bebt.

»M-mein Handy war ausgeschaltet.«

»Dein Bett war unberührt, nirgends ein Zettel zu finden. Es hätte auch etwas passiert sein können. Ist dir klar, dass ich fast die Polizei eingeschaltet hätte?«

Ich starre zu Boden.

»Nun, erzählst du mir heute noch, wo du jetzt herkommst?«

Hilfe! Was soll ich antworten? Ich werde meinem Vater bestimmt nicht erzählen, dass ich bei Dante geschlafen habe. Dann rastet er gleich völlig aus.

»Ich … ich …« Plötzlich weiß ich, was ich sagen muss: »Ich habe bei Madelief geschlafen.«

»Bei Madelief?«

»Weil du nicht da warst«, füge ich hinzu. »Ich habe mich nicht getraut, allein zu Hause zu schlafen.«

»Hm.« Mein Vater presst die Lippen aufeinander. Ich sehe den Zweifel in seinem Gesicht. Aber eigentlich kann er nichts dagegen sagen, denn er hatte schließlich für sich entschieden, ein Wochenende wegzufahren.

»Du hast also bei Madelief geschlafen«, sagt er langsam. »Ich fände es sehr angenehm, wenn du mir beim nächsten Mal eine Nachricht schicken würdest, wo du schläfst …«

Ich zucke mit den Schultern. Wir schauen uns an.

Ich höre das Brummen des Kühlschranks. Ein Auto, das durch die Straße fährt. Ich wippe mit dem Fuß und warte darauf, was sich mein Vater sonst noch alles ausdenkt, um es mir möglichst schwer zu machen.

»Wie war dein Urlaub?«, fragt er schließlich seufzend, als würde es ihn anstrengen, zu diesem Thema zu wechseln.

»Ganz nett.«

»Ganz nett? Und sonst?«

»Nichts.«

»Entschuldige, Danielle. Du fährst ein paar Tage mit deinen Freundinnen in den Wintersport, und das Einzige, was du sagen kannst, ist, dass es ganz nett war?«

»Ja.«

Mein Vater lehnt sich in seinem Stuhl zurück. »Was um Himmels willen ist los mit dir?«

Ich balle meine Hände zu Fäusten. Er fragt, was mit mir los ist? Dabei ist er doch einfach so mit dieser blöden Elise weggefahren!

»Ich gehe nach oben«, sage ich matt.

»Danielle!«

»Lass mich in Ruhe!«

Ich drehe mich um und werfe die Küchentür mit einem Knall hinter mir zu. Zwei Stufen gleichzeitig nehmend, renne ich die Treppe hoch in mein Zimmer.

Ich hasse meinen Vater.

Wütend schalte ich meinen Computer ein. Er soll bloß nicht denken, ich käme gleich wieder runter. Den Rest des Tages bleibe ich in meinem Zimmer.

Ich öffne Instagram und schaue mir die Posts in meinem Feed an. Loulou hat Fotos vom Urlaub geteilt. Schnell scanne ich sie. Zum Glück keine idiotischen Skifotos von mir, also like ich sie. Ein Stückchen weiter unten entdecke ich einen Post von Robin:

Heute Nachmittag shoppen mit der Kreditkarte meiner Mutter! Awesome!

Loulou hat reagiert: Na, toll.

Ich like Loulous Bemerkung.

Eine Follow-Anfrage wird mir angezeigt. Gedankenlos klicke ich darauf. Dante Faber

Ich starre auf den Namen, als wäre das die erste Anfrage, die ich in meinem Leben bekommen habe. Meine Hand zittert, als ich Bestätigen anklicke.

Oben rechts erscheint ein roter Punkt bei meinen Nachrichten. Ich tippe darauf und sehe Dantes hervorgehobenen Namen. Er will mit mir chatten! Nervös öffne ich die Nachricht:

Hast du gut geschlafen?

Hilfe, damit meint er eindeutig, was letzte Nacht passiert ist. Am besten sollte ich so tun, als wäre ich völlig entspannt. Gar nicht nervös, hysterisch oder durcheinander, wie ich mich eigentlich fühle. Ich tippe:

Lernst du schön?

Fast augenblicklich steht unter meiner Nachricht »Gesehen«.

Kontrollierst du mich?

Tu das nicht, Danielle.

Ein paar Sekunden lang glaube ich, dass ich es mit meiner Bemerkung verdorben habe. Aber dann poppt ein Smiley auf.
Erleichtert schicke ich einen Smiley zurück.

Wann hast du morgen Schulschluss?

13:40 Uhr

Ich hole dich nach der Schule ab. Am Zaun.

Ich starre auf den Bildschirm. Das ist keine Frage, es ist eher eine Mitteilung. Warum sollte er sich morgen mit mir verabreden wollen? »Vielleicht mag er dich ja wirklich«, sagt eine Stimme in meinem Kopf. Sofort schlägt mir das Herz bis zum Hals.

Okay.

Ich antworte schnell, bevor ich es mir anders überlegen kann.

Bis morgen.

Bis morgen. Nüchterner geht es nicht. Mehr kommt nicht von Dante. »Vielleicht mag er dich ja gar nicht«, sagt eine andere Stimme in meinem Kopf. Ich habe allerdings keine Zeit, weiter darüber nachzudenken, denn auf meinem Bildschirm erscheint eine neue Nachricht bei WhatsAppWeb. Stan.

Shit. Stan ist echt der letzte Mensch auf Erden, mit dem ich jetzt chatten will. Aber ich kann ihn nicht ignorieren, er sieht ja, dass ich online bin. Widerwillig öffne ich seine Nachricht.

Hallo.

Und sofort folgt:

Wo warst du gestern Abend?

Ich erstarre.

Wieso?

Ich muss Zeit schinden.

Du warst den ganzen Abend nicht auf WhatsApp. Fühlte mich schlecht. Wollte mit dir reden.

Das klingt beschuldigend. Vorwurfsvoll. Aber zum Glück sagt er nichts über Dante.

Bin immer noch krank.

Für einen Moment passiert nichts, als würde Stan an der Glaubwürdigkeit meiner Antwort zweifeln. Dann schreibt er:

Gute Besserung.

Erleichtert atme ich auf.

Danke.

Schnell schalte ich den Computer aus, bevor Stan mich noch etwas fragen kann.

TAG: -11

ZEIT: 08:18 Uhr

Loulou, Robin und Madelief sind schon da, als ich in die Klasse komme.

»Hi«, sage ich und rutsche auf meinen Platz neben Madelief.

Loulou dreht sich zu mir um. »Hast du das Buch für Sozialkunde gelesen? Ich hab gerade gehört, dass wir in einem Test dazu abgefragt werden. Er zählt mit fürs Examen.«

Ich schüttele den Kopf. »Shit, nein, ich habe gar nichts gemacht.«

»Lächerlich, ein Test gleich am ersten Tag nach den Ferien«, schnaubt Robin. »Ich will zurück nach Gerlos.«

»Ich auch«, seufzt Loulou.

»Wie war dein Wochenende?«, fragt Robin. »Noch was Schönes gemacht?«

»Nein, nicht wirklich«, sagt Loulou. »Meine Eltern kommen morgen erst aus New York zurück, also war ich wieder mal *forever alone.*«

Loulous Eltern arbeiten für eine ausländische Investitionsfirma und sind häufiger unterwegs als zu Hause. Manchmal tut sie mir leid.

Madelief stupst mich an. »Gehen wir heute nach der Schule direkt in die Stadt, oder willst du erst noch kurz nach Hause?«

»Wieso?«, frage ich und ziehe mein Heft und meinen Kalender aus der Tasche.

»Na, du weißt schon, zum Shoppen für meinen Geburtstag.«

Meine Hände bleiben in der Luft hängen. Shoppen? Plötzlich weiß ich es wieder. Wir hatten uns schon vor dem Urlaub verabredet. Ich sollte mit Madelief ein Outfit für ihre Party am Samstag aussuchen. Das habe ich völlig verschwitzt. Und mich für heute Nachmittag mit Dante verabredet …

»Jetzt sag nicht, du hast es vergessen«, höre ich Madelief sagen.

»Nein, nein, n-natürlich nicht«, stottere ich. »Aber …«

Blitzschnell trifft mein Hirn eine Entscheidung. »Ich … mein Vater hat mir Hausarrest gegeben.«

Meine Antwort kam zu zögerlich. Ich sehe es an Loulous Augen, die sie zusammenkneift, als wüsste sie, dass ich nicht die Wahrheit sage.

»Boah«, sagt Loulou langsam. »Hausarrest. Erzähl.«

»Mein Vater war gestern wirklich unglaublich sauer auf mich.« Das ist zumindest nicht gelogen.

»Warum das denn?« Loulou ist wie ein Pitbull: Wenn sie einmal zugebissen hat, lässt sie nicht mehr los.

»Weil … weil ich gesagt habe, dass Elise eine blöde Kuh ist.« Das kommt so überzeugend raus, dass ich selbst davor erschrecke.

»Wow«, pfeift Robin. »Das hast du wirklich gesagt? Respekt!«

»Wie hat dein Dad reagiert?«, fragt Loulou.

Mein Herz rutscht mir in die Hose. Warum fragt sie bloß immer weiter? Ich denke an das Gesicht meines Vaters gestern. »Na ja, er war schon sehr sauer«, sage ich vorsichtig.

»Das hast du bereits erwähnt.«

»Und … und er meinte, ich solle mich nicht so anstellen.« Bleib so nah wie möglich bei der Wahrheit, denke ich. »Dann bin ich in mein Zimmer gegangen.«

»Hm.« Loulou klingt nicht überzeugt.

Madelief legt eine Hand auf meinen Arm. »Ich finde das sehr schlimm für dich.« Sie klingt so nett. So aufrichtig.

»Danke«, murmele ich. »Tut mir leid, dass ich dich heute Mittag nicht begleiten kann.«

»Das ist ja nicht deine Schuld.«

»Nein«, murmele ich. Und während ich das sage, denke ich daran, wie sie wohl reagieren würde, wenn sie dahinterkäme, dass ich gelogen habe. Wahrscheinlich würde sie dann nicht mehr mit mir befreundet sein wollen.

»Kein Stress«, sagt Robin zu Madelief. »Ich gehe heute Nachmittag gern mit dir shoppen.«

»Oh, wirklich? Das wäre echt lieb von dir!«

In Madeliefs Stimme liegt so viel Dankbarkeit, dass ich mich noch schlechter fühle.

»Was brauchst du denn?«, fragt Robin.

»Ein Outfit für meine Party.«

»Wir gehen einfach zu Mango und Zara. Und zu Miss Sixty.«

Robin fängt an, über die neuen Frühlingsfarben zu schwatzen. Ich mache ein Gesicht, als würde ich zuhören. Aber aus den Augenwinkeln sehe ich, dass Loulou mich unverwandt anstarrt.

Der Hausmeister ist schon drei Mal an mir vorbeigelaufen. Wahrscheinlich fragt er sich, weshalb ich immer noch am Schwarzen Brett stehe. Ich nehme mein Handy und tue so, als würde ich meine Nachrichten checken. Ich kann unmöglich rausgehen. Was, wenn ich Loulou, Robin und Madelief begegne? Die dürfen absolut nicht wissen, was ich gleich vorhabe. Als die Klingel um 13:40 Uhr ging, habe ich ihnen gesagt, dass ich noch was kopieren muss.

Ich starre auf meine Armbanduhr. Drei Minuten. Jetzt sind sie wahrscheinlich beim Fahrradschuppen. Viereinhalb Minuten. Sie schieben ihre Räder zur Straße. Fünf Minuten. Sie radeln Richtung Stadt. Sicherheitshalber warte ich noch eine Extraminute. Erst dann wage ich es und gehe zum Ausgang.

Der Schulhof ist leer. Die Hände in den Jackentaschen vergraben gehe ich eilig zum Zaun. In Gedanken flehe ich, dass Dante noch da ist. Ich bin fast zehn Minuten zu spät. Auf der gegenüberliegenden Straßenseite sehe ich die Silhouette einer großen Person. Im Näherkommen erkenne ich Dantes Militärmantel. Er hat mir den Rücken zugewandt.

»H-hallo«, sage ich, als ich neben ihm stehe.

Dante dreht sich um. »Hallo, Danielle.«

Mich durchläuft ein Schauder, so atemberaubend gut sieht er aus. Ich schaue auf seinen Mund, der mich an diesem Wochenende überall geküsst hat. Auf seine Hände, die mich überall berührt haben. Bei der Erinnerung daran glühen meine Wangen.

Dante sieht mich schweigend an. Kurz bevor die Stille unbehaglich wird und ich nicht mehr weiß, wohin mit mir, sagt er: »Wie war's in der Schule?«

Eine ganz einfache Frage. Jetzt einfach eine Antwort geben. »Ganz okay«, sage ich. »Nichts Besonderes.«

Zum Glück fragt er nicht weiter.

»Wir gehen«, sagt er. »Wir brauchen zehn Minuten, und wir sind schon spät dran.«

Es fühlt sich an wie ein Vorwurf. Ich gehe nicht darauf ein.

»Bist du schon im renovierten Rijksmuseum gewesen?«, fragt Dante dann. Er wartet meine Antwort gar nicht ab. »Ich zeige es dir gern. Es ist sehr schön geworden.«

»Oh, äh, okay.« Mein letzter Museumsbesuch war vor ein paar Monaten von der Schule aus. Das Goldene Jahrhundert der Niederlande, hieß die Ausstellung. Es war so langweilig, dass Loulou, Madelief, Robin und ich uns heimlich verdrückt haben. Nie wieder … dachte ich damals.

Wir laufen über die Stadhouderskade.

»Wie war deine Anatomieprüfung?«, frage ich.

»Prima.«

Ich suche in seiner Stimme nach etwas, das an den Samstagabend erinnert, aber sein Ton ist ausdruckslos. Sogar ein wenig distanziert. Wo ist der Dante von diesem Abend geblieben? War es ihm peinlich? Der Gedanke tut unerwartet sehr weh.

Wir biegen links ab zum Rijksmuseum. Hinter ein paar Touristen betreten wir das Gebäude. Dante kauft zwei Eintrittskarten. »Komm«, sagt er. »Wir gehen zu den alten holländischen Meistern.«

Ich folge ihm durch die große zentrale Halle in den ersten Saal. An der Wand hängen Ölgemälde. Frauen in Reifröcken, Schiffe der Ostindischen Kompanie, Mühlen, Wolkenhimmel. Langweilig und altmodisch, ist das Erste, was ich denke.

Dante bleibt vor dem Gemälde eines jungen Mädchens stehen. Sie hat widerspenstige Haare und trägt ein altjüngferliches blaues Kleid. *Porträt eines Mädchens in Blau*, lese ich auf dem kleinen Schild neben dem Gemälde. Johannes Cornelisz Verspronck, 1641. Ich habe keine Ahnung, wer das ist, aber das traue ich mich nicht laut zu sagen.

»Ich hatte bisher auch noch nie von Johannes Cornelisz

Verspronck gehört«, flüstert Dante mir ins Ohr. »Aber ich habe ihn gegoogelt: Er ist ein niederländischer Kunstmaler, der in Haarlem wohnte und hauptsächlich Porträts anfertigte. Dieses Gemälde ist eines seiner bekanntesten Werke. Aber ich würde es mir selbst nicht hinhängen.«

Er sieht mich grinsend an. Plötzlich erkenne ich einen Anflug des Jungen von früher. Oder bilde ich mir das nur ein?

»Was siehst du auf diesem Gemälde, Danielle?«

»Äh, ein Mädchen mit einem blauen Kleid.«

»Ist das alles?«

Ich höre seiner Stimme an, dass er enttäuscht ist.

»Na ja, äh …« Mir sinkt der Mut. Was um Himmels willen soll ich sonst noch sehen?

»Schau nicht nur auf ihr Äußeres, Danielle, versuche auch das Innere zu sehen. Was hat dieses Mädchen gedacht, als sie gemalt wurde? Wer war sie in Wirklichkeit?«

»Dieses Mädchen ist … Sie …« Ich versuche mir vorzustellen, ich sei dieses Mädchen. Wie es wohl wäre, so ein idiotisches Kleid tragen zu müssen, während ich lieber draußen spielen würde. Plötzlich erwacht das Gemälde zum Leben.

»Sie ist … traurig.«

»Weiter.« Ich sehe, dass Dante mich aufmerksam beobachtet.

»Sie will überhaupt nicht gemalt werden. Aber wahrscheinlich wollen ihre Eltern das. Ich glaube, sie hat furchtbar geweint, als sie dieses Kleid anziehen musste.«

»Sehr gut.« In seiner Stimme liegt Bewunderung, was mich erröten lässt. »Kinder wurden in dieser Zeit häufig als Erwachsene dargestellt. Dieses Mädchen spielt eine Rolle, die sie überhaupt nicht spielen will.«

Dante geht zum nächsten Gemälde. »Versuch es mal mit

dem hier. Das ist ein Selbstporträt des berühmten Malers Rembrandt van Rijn.«

Ich sehe einen Jungen mit Locken. Sein Gesicht liegt fast ganz im Schatten. Aber wenn man genauer hinschaut, sieht man, dass seine Augen einen aus dem Schatten heraus scharf anschauen. Es hat fast etwas Unbehagliches.

»Es wirkt so«, sage ich zögernd, »als wollte Rembrandt mit diesem Bild sagen: Du kannst dich nirgends verstecken, ich sehe doch alles von dir.«

Ein paar Sekunden lang bleibt es still.

»Das hast du sehr … treffend ausgedrückt«, sagt Dante. »Ein Porträtmaler ist immer auf der Suche nach der wahren Persönlichkeit seines Gegenübers. Man könnte sagen, er versucht die verschiedenen Farbschichten zu durchdringen.«

Dante sieht mich an. Sein Blick streichelt mein Gesicht. Ich will, dass er mich weiterhin anschaut, aber er geht zum nächsten Gemälde.

»Sie haben das Wort«, sagt Dante.

Wir gehen ein Gemälde nach dem anderen durch. Ich sage meine Meinung, Dante hört zu und kommentiert. Es ist, als würde ich Dinge sehen, die ich noch nie gesehen habe. Als würden die Gemälde lebendig.

»Du bist ein Naturtalent«, sagt Dante nach etlichen Bildern.

Er legt mir einen Arm um die Schulter. »Einen Auftrag bekommst du noch«, murmelt er mir ins Ohr. Seine Hand gleitet an meinen Schultern nach unten zu meinem unteren Rücken.

»W-was denn?« Mich überläuft ein Schauder.

»Was siehst du, wenn du mich anschaust?« Seine Finger streicheln das Stückchen Haut, das über meinen Hosenbund ragt. »Wer bin ich?«

»Äh … also …«

Denken ist nicht gerade einfach, wenn er mich so anfasst. Die Gedanken kreiseln in meinem Kopf. Ich kann ihm wohl kaum sagen, dass ich einen Mann sehe, in den ich bis über beide Ohren verliebt bin.

»Ich weiß es nicht«, sage ich heiser.

Dante beugt sich vor und berührt mit seinem Mund meine Lippen, ganz sanft, sodass ich Gänsehaut am ganzen Körper bekomme.

»Vielleicht müssen wir dann dafür sorgen, dass du ein besseres Bild von mir bekommst.«

Es ist überdeutlich, worauf er anspielt. Eine Welle des Verlangens überrollt mich.

»Ist dein Vater zu Hause?«

»Erst um a-acht.« Meine Stimme kippt.

»Dann gehen wir jetzt zu dir.«

TAG: -11

ZEIT: 18:07 Uhr

Es ist schon merkwürdig, dass Dante in meinem Zimmer herumläuft, am rosa gestrichenen Schrank vorbei, am Schaukelstuhl mit Kuscheltieren und meinem knallrosa Bett mit seinem verschnörkelten Kopfteil. Plötzlich sehe ich mein Zimmer durch seine Augen: kindisch, langweilig und nichtssagend. Warum habe ich dieses Rosa nie übermalt?

Dante bleibt vor einem Poster von einem Pferd stehen, das ich aufgehängt habe, als ich zehn war. Innerlich stöhne ich auf.

»Dieses Poster will ich schon seit ewigen Zeiten abhängen«, beeile ich mich zu sagen.

»Ich finde Pferde goldig«, sagt er und grinst. »Schämst du dich?«

»Bestimmt nicht.«

Dante fasst mein Kinn und zwingt mich, ihn anzuschauen. »Nicht lügen, Danielle.«

Wieder ist es, als könnte er geradewegs in meinen Kopf schauen.

»Na ja, vielleicht ein bisschen«, ringe ich mir widerwillig ab.

»Dein Zimmer interessiert mich nicht die Bohne.«

Ich weiß nicht wie, aber auf einmal liege ich in seinen Armen. Die eine Hand hält meinen Po fest, während seine andere Hand meinen Hinterkopf umfasst. Ich kann nichts anderes tun, als zuzusehen, wie sich sein Kopf zu meinem beugt. Im nächsten Moment leckt Dantes Zunge über meine Lippen.

»Zieh dich aus, Danielle«, sagt er und beißt sanft in meine Unterlippe.

Was? Jetzt? Hier direkt vor seiner Nase?

»Oder traust du dich nicht?«

Er sagt das in einem so spöttischen Ton, dass ich mich beeile zu sagen: »Oh, doch, doch, natürlich.«

Um es zu beweisen, löse ich mich aus seiner Umarmung, ziehe meinen Pullover über den Kopf und werfe ihn auf den Boden. Dann gehen meine Hände zu meiner Jeans und öffnen einen Knopf nach dem anderen.

Dante verfolgt jede Bewegung.

Seltsamerweise habe ich keine Angst. Ich will sogar, dass er mich sieht. Ich öffne den Verschluss von meinem BH und lasse ihn langsam von meinen Schultern rutschen. Jedes Detail scheint wichtig, jetzt, da er hinschaut. Ich streife meinen Slip ab und stelle mich aufrecht vor ihn. Nackt.

Sein Blick gleitet von oben nach unten. Ein Schauder durchläuft mich.

»Du zitterst«, sagt er unerwartet leise. Er hebt mich hoch und legt mich vorsichtig aufs Bett.

Ich sehe zu, wie Dante seine eigene Kleidung auszieht. Pulli, T-Shirt, Jeans. Ein Kleidungsstück nach dem anderen fällt zu Boden. Es ist sein Blick, sanft und freundlich, der dafür sorgt, dass ich mich traue, ihn weiterhin anzuschauen.

Er setzt sich nackt auf die Bettkante. Er ist so nah, dass ich seine Wärme einatme.

»Danielle …«, sagt er langsam.

»Ja?«

Plötzlich dreht er sich um und drückt mich in einer fließenden Bewegung auf das Bett. Ich spüre seine Haut an meiner, seine Lippen auf meinen Lippen. Könnte es doch nur für immer so bleiben. Könnte Dante nur für immer bei mir sein. Meine Hände ziehen ihn noch dichter an mich heran. Er ist noch da, aber ich vermisse ihn jetzt schon.

Wir liegen auf der Seite, die Gesichter einander zugewandt. Der letzte Rest Tageslicht lugt durch einen Spalt in meinen Vorhängen und zieht einen glänzenden Streifen über Dantes Haut. Er streichelt meine Hüfte mit kleinen, neckischen Kreisen.

»Wie heißt dieser Knochen, Doktor?«, frage ich interessiert, als er am eckigen Teil meiner Hüfte angelangt ist.

»Ilium.« Dante tippt mit dem Finger darauf. »Das ist wirklich ein wunderbar stabiler Ilium.«

Ich muss kichern. »Ich brauche also keine Iliumvergrößerung?«

»Bist du von allen guten Geistern verlassen?« Er grinst. »Bitte kein Botox oder Silikon an dieses prächtige Hüftstück.«

Seine Hand streichelt sanft weiter und wandert in Richtung meiner Taille. Ich schaue auf seinen Arm.

»Woher hast du eigentlich diese Narben?«, frage ich gähnend.

Dante sieht mich an, den Kopf auf dem Kissen. »Oh, vor ein paar Jahren hatte ich einen Fahrradunfall.«

»Wirklich?« Mein Finger streicht über eine Narbe; sie fühlt sich hart und knubbelig an. »Was ist passiert?«

Er zieht seinen Arm weg. »Ein Autofahrer hat nicht aufgepasst und mich auf einer Kreuzung umgenietet.«

»Nicht dein Ernst! Warst du schwer verletzt? Musstest du ins Krankenhaus? Wurdest du …«

»Ich habe eine Woche im Krankenhaus gelegen«, unterbricht Dante mich kurzangebunden. Er sieht auf seine Uhr. »Es ist sieben. Ich gehe mal lieber, bevor dein Vater plötzlich vor unserer Nase steht.«

»Mach dir keine Sorgen, er ist wirklich nicht vor acht da. Meistens …«

»Es scheint mir vernünftiger, jetzt zu gehen«, sagt Dante tonlos.

Er steigt aus dem Bett und fängt an, sich anzuziehen. Sein Mund ist ein dünner, zusammengepresster Strich.

Was habe ich falsch gemacht?

»Ich habe die ganze Woche viel zu tun«, höre ich ihn sagen. »Also rechne lieber nicht damit, dass wir uns sehen können.«

»Oh, okay.«

Ich ziehe die Decke bis zum Kinn. Am liebsten würde ich ganz darunter verschwinden. Für immer.

Dante dreht sich um. Seine Augen wirken sehr distanziert.

»Das hat nichts mit dir zu tun.«

»Das weiß ich.«

Es war ein Scherz, aber er kann nicht einmal darüber lächeln. Wie kann jemand nur immer so schnell die Stimmung wechseln?

Dante nimmt seinen Mantel von meinem Schreibtischstuhl. »Bleib ruhig liegen, ich finde allein raus.«

Ich bekomme einen flüchtigen Kuss auf die Wange. So einen, den man von jedem bekommen könnte: hastig und unpersönlich.

»Mach's gut«, sagt Dante. Der kühle Blick in seinen Augen macht mir Angst. Angst, es könnte ein endgültiger Abschied sein. Mit großen Schritten entfernt er sich von mir – und ich kann nichts tun, um ihn daran zu hindern.

Auf der Türschwelle dreht er sich noch einmal um. Der

dunkle Flur verschluckt ihn halb. »Was machst du eigentlich Samstagabend?«

Fünf verblüffende Wörter. Er fragt, was ich Samstagabend mache?! Ich schaue ihn gefühlt eine halbe Ewigkeit an. Samstagabend ist die Geburtstagsparty von Madelief. Aber ich habe nicht vor, mir diese Gelegenheit entgehen zu lassen.

»Nichts«, lüge ich.

»Dann komm doch zu mir.«

Es ist, als würde sich der Nebel in meinem Kopf lichten. Plötzlich scheint alles wieder klar und schön.

»Ja, gern«, sage ich so schnell, dass ich fast über meine Worte stolpere.

»Und was ist mit Madelief?«, fragt eine Stimme in meinem Hinterkopf. Ich ignoriere sie.

»Was wirst du deinem Vater sagen? Ich habe keine Lust auf Ärger.« Er schaut mich an mit einem Blick, als wäre ihm plötzlich wieder bewusst, dass ich viel jünger bin als er und dass es vielleicht nicht so vernünftig ist, sich mit mir zu verabreden.

»Oh, keine Sorge, das klappt schon«, beeile ich mich zu sagen. »Ich regle das.«

Dante sagt nichts, er sieht mich nur an.

Bitte, denke ich, sag Ja.

»Okay, dann sehe ich dich Samstag. Halb acht.« Er nickt. »Ciao.«

Die Tür ist noch nicht ins Schloss gefallen, da springe ich schon aus dem Bett und laufe zum Fenster. Ich stecke den Kopf durch den Spalt zwischen den Vorhängen. Dante taucht unter mir im Garten auf, die Hände in den Manteltaschen, Schultern gebeugt. Dann biegt er links ab und verschwindet um die Ecke. Ich bleibe noch kurz stehen, um sicher zu sein, dass er nicht wieder zurückkommt.

Noch fünf Tage bis Samstagabend. Wie soll ich das nur überstehen? Plötzlich fällt mein Blick auf einen langen dunklen Schatten bei der Hecke der Nachbarn. Was ist das? Ein Baum? Ein Müllcontainer? Ich kneife meine Augen zusammen. Allmählich bekommt der Schatten eine Form. Ich sehe Beine. Und eine Jacke. Ein unbehagliches Gefühl kriecht meine Wirbelsäule hoch. Hinter der Hecke steht jemand. Der Schatten setzt sich in Bewegung.

Das ist Stan!

In dem Bruchteil einer Sekunde, in dem sich unsere Blicke kreuzen, wird mir bewusst, dass er wahrscheinlich schon länger dort steht. Und dass die Wahrscheinlichkeit groß ist, dass er Dante hat hinausgehen sehen. Mit einem Ruck ziehe ich den Vorhang zu.

Was wird Stan jetzt denken?

Danielle ist nicht krank.

Danielle hat mich angelogen.

Danielle hat einen neuen Freund.

Panik drückt mir die Luft ab. Eine Stimme in meinem Kopf versucht mich zu beruhigen. Nur ruhig, Danielle. Du brauchst dich vor Stan nicht zu rechtfertigen. Er ist nicht mehr dein Freund. Und vielleicht glaubt er, Dante ist bei dir in der Klasse und hat dir Unterlagen gebracht.

Oh, bitte, lass Stan das denken.

Der Piepton meines Handys klingt schrill in der Totenstille meines Zimmers. Eine Nachricht in WhatsApp! Mit zitternden Händen nehme ich mein Handy vom Schreibtisch. STANNIE lese ich auf dem Display. Ich tippe auf die Nachricht.

Ich vermisse dich. Aber vermisst du mich auch ...?

Die Wörter springen mich geradezu an. Ich rutsche auf den Boden und vergrabe den Kopf zwischen den Knien. Werde ich Stan denn nie wieder los?

TAG: 0

ZEIT: 22:43 Uhr

Meine Finger streicheln ihren Körper. Ich spüre ihre zarte Haut, ihren schnellen Herzschlag unter meinen Fingerspitzen. Ich stelle mir vor, dass ich ihr Herz aus ihrer Brust nehme. Dass ich es in meinen Händen halte und sich ihre Herzkammern an meiner Haut zusammenziehen. Mein eigenes Herz klopft schneller bei diesem Gedanken.

Aber ich darf mich nicht ablenken lassen. Ich muss weitermachen mit dem, womit ich beschäftigt war, bevor sie mir den Stoß verpasst hat. Ich nehme die Schere und wiege sie in meiner Hand, wie ein Chirurg, der ein Instrument abschätzt, bevor er es für eine Operation verwendet. Es ist eine solide Küchenschere aus dem Baumarkt, mit rostfreien Klingen aus Edelstahl. Ich habe das größte Modell gewählt, das zu finden war. Langsam beuge ich mich vor und suche die richtige Stelle. Ein paar Zentimeter über ihrem Schambein, senkrecht unter ihrem Nabel.

Ich atme tief ein und zerschneide den Saum ihres Tops. Es verblüfft mich, wie leicht das geht, es kostet kaum mehr Kraft, als ein Blatt Papier durchzuschneiden. Die Schere bahnt sich ihren Weg nach oben. Das Top legt sich in zwei Teilen rechts und links neben ihren Körper.

Ihr Bauch kommt wie eine rosafarbene fleischige Frucht

zum Vorschein. Sanft massiere ich ihre Haut. Sie reagiert mit Baucheinziehen, als könnte sie meiner Berührung dadurch entgehen. Aber sie kann nirgendwohin. Darüber habe ich oft fantasiert, aber es ist noch intensiver, als ich hätte vorhersagen können.

Ich hebe die Schere und schneide die Träger ihres BHs durch. Ihre Brüste fallen zur Seite. Sie stöhnt und schluchzt, aber noch ehe sie richtig Luftholen kann, habe ich auch ihren Slip zerschnitten. Das Schluchzen wird lauter. Endlich zerbricht sie. Sie kann sich jetzt hinter nichts mehr verbergen, sie muss sich mir zeigen.

Aber ich will noch mehr von ihr sehen. Mit geschmeidigen Bewegungen schneide ich ihre Locken ab. Wie ein goldenes Gespinst fallen sie aufs Bett. Die kurzen Haare machen ihr Gesicht älter, als hätte ich das Mädchenhafte abgeschnitten. Ich lege die Schere weg und greife nach der Dose mit dem Rasierschaum. Weißer Schaum füllt meine Hand. Ich reibe ihn in ihre Haare, bis er überall ist.

Dann nehme ich das Rasiermesser vom Boden. Ich schaue zu, wie meine Hände ihren Kopf kahl scheren. Stocksteif bleibt sie dabei liegen. Ob sie Angst hat? Oder hat sie sich in ihr Schicksal gefügt?

Mit einem Zipfel der Bettdecke wische ich ihr den restlichen Schaum vom Schädel. Nackt und kahl liegt sie vor mir, wie ein Neugeborenes. Ich habe ihr alles schmückende Beiwerk genommen. Sie aufs Wesentliche reduziert. Ich warte, bis ich ihr wahres Ich sehe. Aber ich sehe nichts. Sie hat sich in ihrem Innern eingeschlossen.

Es fühlt sich an, als hätte sie mir etwas vorenthalten, auf das ich ein Anrecht habe. Wut zieht wie ein Gift durch meinen Körper, bis zu dem Ort, an dem sich Der Schatten versteckt. Ich spüre, wie die Hitze seines Atems in mir brennt. Er sagt etwas, flüstert mir die Lösung zu wie ein Souffleur.

Natürlich.

Ich beuge mich vor und drücke ihr meine Lippen auf den Mund. Ich spüre ihre Wärme und lege meinen Daumen in die Grube zwischen ihren beiden Schlüsselbeinen. Ohne ein Wort mache ich ihr klar: Wenn du dir auch nur eine Kleinigkeit einfallen lässt, drücke ich deine Luftröhre zu.

»S-Stan? Stan, b-bist du das? Lass uns r-reden.«

Ich höre, wie hohl und bedeutungslos ihre Worte sind.

»I-ich bin dir n-nicht böse. W-wirklich. Bit…«

Meine Finger ersticken den Rest ihres Satzes. Reden hat keinen Sinn mehr. Ich will ihre Seele finden, zu den Teilen von ihr vordringen, die sie immer vor jedem verborgen gehalten hat.

TAG: -6

ZEIT: 19:14 Uhr

Auf dem Boden liegt ein Berg zerknitterter Kleidungsstücke. Ich habe mich bestimmt schon fünfmal umgezogen. Nichts sah gut aus oder saß bequem. Schließlich habe ich mich für eine schwarze weite Hose mit einem schwarzen Pulli entschieden.

Ich betrachte mich im Spiegel. Meine Hose sitzt enger, als ich mich erinnere. Ich spanne die Bauchmuskeln an in einem Versuch, dünner zu wirken. Warum bin ich so dick? Ich strecke meinem Spiegelbild die Zunge heraus und überprüfe mein Make-up. Mascara: ohne Klümpchen. Pickel am Kinn: kaschiert. Haare: im Pferdeschwanz. Ich versuche mir vorzustellen, ich sei Loulou. Dann wäre ich jetzt nicht nervös. Und ich hätte Kleidergröße 36. Leider bin ich nicht Loulou.

Ich werfe einen Blick auf meine Uhr. Viertel nach sieben. Es fühlt sich fast unwirklich an, dass es doch noch Samstagabend geworden ist. Die Woche dauerte endlos lange. Und Dante hat sich nicht mehr gemeldet, was mir das Gefühl gegeben hat, ich hätte mir das alles nur ausgedacht. Zum Glück hat er mir gestern Abend doch eine Nachricht geschickt:

Bis morgen, 19.30 Uhr.

Das war alles. Aber es war mehr als genug. Wir waren immer noch verabredet!

Heute Morgen habe ich gleich nach dem Aufwachen Madelief geschrieben, um ihr zu sagen, dass ich krank sei. Hohes Fieber und Halsschmerzen. Sie schickte einen weinenden Smiley zurück und schrieb, sie fände es so schrecklich, dass ich nicht zu ihrer Party kommen könnte und dass sie mir gute Besserung wünscht. Ich kann mich nicht erinnern, mich jemals so schuldig gefühlt zu haben. Danach war mein Vater an der Reihe. Beim Frühstück habe ich ihn daran erinnert, dass ich zu Madeliefs Party gehen und dort auch übernachten würde.

»Ja, das weiß ich noch«, murmelte er, während er nach seiner Jacke griff, um Golf spielen zu gehen. »Ich bin vielleicht alt, aber nicht senil. Mein Gedächtnis funktioniert noch ausgezeichnet.«

Ich schnappe mir Geld und mein Handy vom Schreibtisch und gehe nach unten. Mein Vater sitzt in der Küche.

»Wo willst du denn hin?« Er tut so, als wäre er erstaunt, mich zu sehen.

»Zu Madelief«, versuche ich in möglichst normalem Ton zu sagen.

»Jetzt schon? Wir müssen doch noch essen. Ich habe Lasagne im Ofen.«

Shit, das Abendessen. Nicht dran gedacht. Wie dumm!

»Wir, äh, wir gehen erst noch was, äh, essen mit einer kleinen Gruppe«, stammele ich. »Das habe ich dir doch erzählt.«

Er trommelt mit den Fingern auf die Tischplatte, als würde ihm das beim Nachdenken helfen. »Hm, typisch, daran kann ich mich überhaupt nicht erinnern.«

»Wir haben am Mittwochabend noch darüber geredet. Als

du nach Hause kamst, weißt du noch? Ich sollte zu Madeliefs Feier gehen und davor bei Loulou Pizza essen.«

Ich seufze, als fände ich es total ärgerlich, dass er es vergessen hat.

»Dann wird das wohl so sein«, sagt er langsam. »Ich gehe jedenfalls mal davon aus, dass du mich nicht anlügst.«

»Äh, nein.«

Das ist ganz dünnes Eis, also wechsle ich schnell das Thema: »Hast du mein Ladekabel gesehen?«

»Ladekabel?« Er sieht mich merkwürdig an. »Nein, wieso?«

»Das suche ich.«

»Das wundert mich überhaupt nicht. Dein Zimmer ist ein Saustall. In dem Chaos würde ich nicht mal mein eigenes Bett finden.«

»Ha, ha, Papa, sehr witzig.« Pffff.

»Denkst du dran, dass du nächstes Wochenende nach Vught fährst? Deine Mutter hat angerufen, sie konnte dich heute Nachmittag nicht erreichen.«

Am liebsten würde ich ehrlich antworten: »Ich bin absichtlich nicht drangegangen, weil ich keine Lust hatte, mit ihr zu reden.« Aber ich muss meinen Vater heute Abend bei Laune halten. »Ich hatte vor, Mama morgen anzurufen. Ehrlich.«

Er sieht mich misstrauisch an. »Dann mach das aber auch.«

»Klar.« Ich angele meine Jacke von der Stuhllehne. »Bis morgen!«

»Falls du mich heute Abend suchst: Ich gehe nach dem Essen zu Elise.«

»Ist gut.«

»Und ich möchte, dass du morgen spätestens um zwei zu Hause bist, damit ich dich auch noch mal sehe.«

»Jaja.« Ich schmettere die Küchentür hinter mir zu und gehe

aus dem Haus. So halb erwarte ich, dass mein Vater mir hinterherrennt, weil er mir doch nicht vertraut. Aber das macht er nicht.

Ich radele über den Koninginneweg und biege rechts ab in die van Eeghenstraat. Es wird still. Und dunkel. Ich habe das Gefühl, durch eine Stadt aus einem früheren Jahrhundert zu fahren. Die alten, gusseisernen Straßenlaternen spenden kaum Licht. Irgendwo bellt ein Hund. Blätter rascheln. Es ist eine Welt aus Schatten und ungewohnten Geräuschen.

Ich weiß nicht, warum, aber ich schaue über meine Schulter. Ein Radfahrer fährt etwa zwanzig Meter hinter mir. Es ist zu dunkel, um zu sehen, ob es ein Mann oder eine Frau ist.

Nur ein Radfahrer, rede ich mir gut zu. Kein Problem.

Aber er hält immer denselben Abstand bei, als wäre er durch einen unsichtbaren Faden mit mir verbunden. Fahre ich schneller, beschleunigt er auch. Wenn ich bremse, bremst er ebenfalls. Werde ich verfolgt? Auf einmal muss ich an Stan denken. Nach Montag habe ich nichts mehr von ihm gehört. Plötzlich fühlen sich die Dunkelheit und die Stille beängstigend an. Ob mich wohl jemand hören würde, wenn ich jetzt schreien müsste?

Ich trete immer fester in die Pedale. Ängstlich werfe ich einen Blick über meine Schulter. Der Radfahrer folgt mir immer noch. Ich umklammere meinen Lenker und trete, als hinge mein Leben davon ab. Mein Vorderreifen holpert über das Pflaster. Der kalte Wind bläst mir ins Gesicht. In der Ferne sehe ich den belebten Willemsparkweg wie einen grellen Lichtfleck auftauchen. Dort bin ich sicher!

Noch dreißig Meter. Noch zwanzig. Noch zehn.

Keuchend halte ich an. Eine Straßenbahn donnert mit lautem Gebimmel an mir vorbei. Ein Fußgänger auf dem Bürgersteig wirft mir einen irritierten Blick zu. Autos fahren vorbei.

Ruckartig drehe ich den Kopf. Der Radfahrer ist verschwunden. Habe ich mir das alles nur eingebildet? Ich höre die Stimme meiner Mutter in meinem Kopf. *»Du solltest nicht so oft Horrorfilme gucken, Danielle.«*

Halt die Klappe, denke ich.

Seufzend steige ich wieder aufs Rad. Trotzdem kann ich nicht vermeiden, dass ein unbehagliches Gefühl zurückbleibt.

TAG: -6

ZEIT: 19:39 Uhr

Ich drücke auf die Klingel neben der Haustür. Es dauert ewig, bevor sie mit einem summenden Ton aufspringt. Ich betrete das Haus und warte in der Diele bei den Briefkästen. Irgendwie hoffe ich, dass Dante jetzt heruntergerannt kommt. Dass er mich in die Arme nimmt und sagt, dass er mich ganz furchtbar vermisst hat. Aber niemand kommt.

»Hallo?«, rufe ich.

Keine Antwort.

Zögernd gehe ich die Treppe hinauf. Eine Stufe knarrt. Ich stolpere fast über einen Werbeprospekt, der mitten auf der Treppe liegt. Es ist, als würde das ganze Haus sagen: »Was machst du denn hier? Geh weg!«

Der Flur oben ist dunkel. Noch ein schlechtes Zeichen.

»Huhu?«

Ich lausche in die Stille. Und jetzt?

Plötzlich schwingt die Tür zum gemeinschaftlichen Wohnzimmer auf, und Dante steht auf der hell erleuchteten Schwelle. Er trägt eine schwarze Hose und ein graues T-Shirt, seine Haare hängen ihm zerzaust in die Stirn. Er könnte gerade so einer Hugo-Boss-Reklame entsprungen sein.

In diesem Moment bin ich froh über den dunklen Flur, denn ich bin sicher, dass meine Wangen knallrot sind.

»Da bist du ja«, sagt er. »Sorry, ich war gerade am Telefon.«

Mit einem amüsierten Blick kommt er auf mich zu. »Aber immerhin hast du den Weg nach oben allein gefunden.«

Ich nicke, weil es mir nicht gelingt, etwas zu antworten.

Dante küsst mich auf den Mund. Er schmeckt nach Bier.

»Schön, dass du da bist.«

»Ja.« Mein erstes Wort. Nicht gerade originell.

Er nimmt meine Hand und führt mich ins Wohnzimmer. Zum Glück sitzen diesmal keine Mitbewohner auf dem Sofa.

»Wir sind heute Abend ganz allein«, sagt Dante, als wüsste er, was ich denke. »Setz dich.«

»Wo?«

»Was hältst du vom Sofa?« Spöttisch zieht er eine Augenbraue hoch.

»Oh, äh, ja.«

Etwas unbeholfen plumpste ich auf die Couch. Mir ist bewusst, wie einfältig ich auf ihn wirken muss. Ich bin siebzehn Jahre alt und kann mir nicht selbst denken, wo ich mich hinsetzen soll.

»Ich habe Sushi geholt.« Dante nimmt eine Papiertüte vom Tisch. »Magst du Sushi?«

»Ja, klar«, sage ich, aber ich denke: Oh Hilfe, Sushi! In Gedanken sehe ich mich schon mit den Stäbchen kämpfen.

»Willst du etwas trinken? Wasser? Wein?«

Es fühlt sich kindisch an, »Wasser« zu sagen. »Gerne Wein.«

Dante schenkt zwei Gläser Wein ein.

»Bitte.« Er reicht mir ein Glas und setzt sich im Schneidersitz vor mich auf den Boden. »Worauf trinken wir?«

Ich habe keine Chance, mir eine Antwort zu überlegen.

»Auf diesen Abend?« Er legt seine Hand auf mein Bein.

In meinem unteren Bauchbereich fängt es sofort an zu kribbeln.

»Okay«, sage ich heiser und schlage die Augen nieder.

»Cin Cin, Danielle.« Dantes Glas berührt meins zart.

»Prost.« Schnell trinke ich einen Schluck.

Stille tritt ein. Ich spüre Dantes Blick, der auf mir ruht. Meine Hände spielen ruhelos mit dem Glas. Ich muss jetzt etwas sagen. Egal, was. Ich zermartere ich mir das Hirn auf der Suche nach einem passenden Thema. Plötzlich fällt mir etwas ein.

»Wie lief deine Prüfung?«

Er sieht mich verständnislos an. »Meine Prüfung?«

»Du hattest diese Woche doch so viel zu tun? Also dachte ich … Ich …«

Für den Bruchteil einer Sekunde verengen sich seine Augen zu schmalen Schlitzen. Dann sagt er mit einem breiten Grinsen: »Also dachtest du, ich hätte wieder eine Prüfung. Könntest du dir vorstellen, dass ich vielleicht auch noch andere Dinge mache?«

»Nein, ja, natürlich«, stammele ich. Ich komme mir immer naiver vor.

Dantes Mundwinkel heben sich noch weiter. »Zu deiner Information: Ich habe die ganze Woche an toten Menschen herumgeschnippelt.«

Einen Moment glaube ich, ihn nicht richtig verstanden zu haben. »Hä?«

»Praktikum in der Anatomie.« Er zwinkert mir zu. »Man muss doch an irgendwas üben können.«

»Igitt!«

»Ach, man gewöhnt sich daran.« Dante reicht mir zwei

Holzstäbchen und stellt eine Plastikschale auf das Tischchen vor dem Sofa. »Was magst du am liebsten?«

Ich betrachte die Reisröllchen und Fischscheibchen, und habe keine Ahnung, wie das alles heißt. Um nicht noch dümmer zu wirken als sowieso schon, sage ich: »Oh, ich mag eigentlich alles gern.«

Dante hält mir die Schale vor die Nase. »Greif zu.«

Ich pikse ein Sushiröllchen mit einer dunklen Füllung auf mein Stäbchen und stecke es in den Mund. Die Tränen springen mir in die Augen, so scharf ist es. Mit Mühe schlucke ich es runter.

»Das war ein Maki mit Thunfisch und Wasabi«, sagt Dante ohne eine Miene zu verziehen, aber ich sehe, dass seine Mundwinkel verdächtig zittern. »Nicht jeder schätzt den Geschmack von Wasabi.«

Geschickt nimmt er ein Röllchen zwischen zwei Stäbchen. »Was hast du eigentlich deinem Vater gesagt?«

»Dass ich bei einer Freundin übernachte.« Ich suche die Schale nach einem harmlosen Stück Sushi ab.

»Du hast also gelogen.«

Seine Worte prasseln auf mich herab, kalt und hart. Verwirrt schaue ich ihn an. An seiner Schläfe pocht eine Ader, und er verschränkt die Arme. Es ist, als wäre der Dante von vor wenigen Sekunden verschwunden und als sei ein anderer an seiner Stelle erschienen. Der Dante, der auch am Montagabend in meinem Zimmer war.

»Äh, ja«, sage ich. Was glaubt er denn? Dass mein Vater begeistert darüber wäre, dass ich bei ihm übernachte?

Dante fasst mich am Handgelenk. »Lügst du öfter?«

Die Frage verwirrt mich. Und der Ton, in dem Dante sie stellt: scharf und verärgert.

»Das hängt davon ab, worum es geht«, sage ich zögernd, während ich mich frage, was er hören will.

»Lügen ist eine schlechte Eigenschaft, Danielle.« Seine Finger umklammern meinen Arm noch etwas kräftiger.

Ein paar Sekunden lang starren wir uns an. Dantes Augen sind so dunkel, dass ich seine Pupillen nicht mehr erkennen kann. Dann lässt er los.

Ich reibe über mein schmerzendes Handgelenk. Was ist da gerade passiert?

»Probier das mal.« Dante hält mir ein Stück Fisch vor die Nase. »Lachs-Sashimi.«

Unsicher schaue ich ihn an. Seine Augen wirken freundlich. Sein Mund lächelt. Nichts an seinem Gesicht erinnert an das Gespräch von gerade eben.

»Nun probier schon«, drängt er.

Ich könnte jetzt sagen: »Das kannst du gern selbst essen. Ich gehe jetzt.«

Aber das mache ich nicht. Ich öffne den Mund, kaue und schlucke den salzigen, glibberigen Fisch runter.

»Lecker?«

»Ja«, sage ich zögernd, aus Angst, etwas Falsches zu sagen, wodurch er sich wieder in den distanzierten Dante verwandeln könnte.

»Hier, noch ein Stückchen.«

Er füttert mich mit einem Stückchen nach dem anderen. »Noch mehr?«, fragt er, als der Lachs aufgegessen ist.

Ich schüttele den Kopf.

»Komm mal her«, flüstert er.

Viel mehr Ansporn brauche ich nicht. Ich setze mich neben ihn auf den Boden und kuschele mich so nah wie möglich an ihn, um den Abstand, den ich eben gespürt habe, verschwinden zu lassen.

Dante legt einen Arm um mich. Seine Hand streichelt meinen Nacken, schiebt sich hoch zu meinen Haaren. In einer fließenden Bewegung zieht er das Gummiband aus meinem Pferdeschwanz. Er wickelt eine Strähne um seinen Finger und zieht daran. Es tut gerade so noch nicht weh.

»Mir gefallen sie offen besser«, murmelt er. »Du hast wunderschöne Haare.«

Ich lege meinen Kopf auf seine Schulter.

»Gehst du mit nach oben?«, flüstert er mir ins Ohr.

»Ja«, flüstere ich zurück.

Wir stehen auf, und er hebt mich hoch. Ich lege die Arme um seinen Nacken.

So einfach geht das.

TAG: -5

ZEIT: 09:34 Uhr

Ich treibe im eiskalten Meer und bekomme keine Luft. Das Wasser schwappt mir in die Nasenlöcher, füllt meinen Mund und drückt den Sauerstoff aus meiner Lunge. Ich sterbe, durchfährt mich. Über mir sehe ich die Sonne durch die transparente Wasseroberfläche. Luft! Ich brauche Luft! Verzweifelt versuche ich, nach oben zu schwimmen. Aber jedes Mal, wenn ich es fast geschafft habe, werde ich von einer unsichtbaren Kraft wieder nach unten gezogen.

Bilder huschen vor meinen Augen vorbei, so intensiv und lebensecht, dass sie mir Angst machen. Der Mann, der mir im Dunkeln hinterherradelt. Dante, der mein Handgelenk packt. Loulou, die sagt: »Dany ist nicht Dantes Typ.«

Ich starre zur Wasseroberfläche. Sie wird fleckig und körnig wie ein altes Foto, das in rasendem Tempo zerfällt. Ich spüre, wie sich meine Muskeln entspannen, wie die Angst in meinem Körper verebbt. Das war es dann. Verrückterweise ist dieser Gedanke fast eine Erleichterung.

Nein!

Mein Körper startet einen letzten verzweifelten Versuch, nach oben zu schwimmen. Meine Muskeln zittern vor Anstrengung, meine Lunge pfeift. Und dann bricht mein Kopf durch die Wasseroberfläche.

Ich öffne die Augen. Bett. Fenster. Schreibtisch. Es dauert ein paar Sekunden, bis mir klar wird, wo ich bin: in Dantes Bett. Meine Bettseite ist schweißgetränkt, Dantes Seite ist leer, aber noch warm, als wäre er gerade erst aufgestanden. Mein Herz pocht wie verrückt. Das war ein schrecklicher Albtraum.

So fühlt es sich also an, wenn man erstickt, denke ich.

Ich setze mich auf und ermahne mich: Spinn nicht rum. So fühlt es sich an, wenn man einen Albtraum hat.

Plötzlich zuckt eine Erinnerung durch meinen Kopf. Ich bin neun und habe einen schlimmen Traum gehabt. Weinend liege ich unter den Decken. Meine Mutter legt sich neben mich ins Bett und hält mich fest. Ich höre ihre ruhige, tröstende Stimme. »Alles wird gut«, sagt sie. Wie ein Baby liege ich zusammengerollt in ihren Armen und weiß, dass sie recht hat. Immer wird alles gut, wenn Mama da ist.

Mit hochgezogenen Knien lege ich mich unter die Bettdecke. Warum hat Mama uns im Stich gelassen? Warum war sie nicht mehr glücklich mit Papa und mir? Ich versuche, meine Wut wiederzufinden, aber zum ersten Mal ist an ihrer Stelle nur Leere.

Mein Herz schlägt allmählich wieder ruhiger. Ich sehe zu, wie die Morgendämmerung die Schatten aus dem Zimmer jagt. Auf der anderen Seite der Tür erwacht das Haus zum Leben. Ein Mädchen lacht, hoch und schrill. Jemand knallt eine Tür zu. Ich krieche noch tiefer unter die Decke. Wo ist Dante?

Der Holzboden im Flur knarrt.

Die Tür öffnet sich langsam, und ich sehe ein langes rotes Haarbüschel. Oh Hilfe, das kann nur eine sein: Zara! Ich wünschte so sehr, ich wäre irgendwo anders und nicht nackt in Dantes Bett, während Zara reinkommt.

Die Tür schwingt weiter auf, und Zaras Gesicht erscheint.

»Hallo«, sagt sie mit einem breiten Grinsen. »Ich hatte schon so eine Vermutung, dass du hier sein könntest.«

»H-hallo«, antworte ich möglichst lässig, während ich denke: Geh weg. Geh bitte weg.

»Darf ich reinkommen?«

Ohne meine Antwort abzuwarten, betritt sie das Zimmer. Sie trägt einen rosa Pyjama mit einem großen Tweety auf der Brust, I HATE PUSSYCATS steht darunter.

Im Schneidersitz hockt sich Zara auf das Bett, als wären wir beste Freundinnen. Ich ziehe die Decke bis zur Nasenspitze und hoffe nur, dass sie nicht weiß, dass ich nichts anhabe.

»Was habt ihr gestern gemacht?«, fragt sie leichthin.

Ich denke an Dantes Hände auf meinen Brüsten, an seine Zunge in meinem Mund. Fieberhaft suche ich nach etwas, das ich sagen könnte, ohne vor Scham zu sterben. »Wir, äh, haben Sushi gegessen.«

»Lecker! Das ist mein Lieblingsessen!« Sie lacht, so aufrichtig und fröhlich, dass es scheint, als würde das Zimmer heller.

»Und was hast du gestern Abend gemacht?«, frage ich und fühle mich etwas wohler.

»Ich bin mit ein paar Freundinnen unterwegs gewesen. Zum Schluss waren wir im *Café Nol* in der Westerstraat. Du weißt schon, so eine Kneipe, in der sie nur Schnulzen spielen. Wir haben uns köstlich amüsiert.«

»Weißt du zufällig, wo Dante ist?«, frage ich.

»Hast du ihn verloren?«, fragt Zara neckisch.

»Na ja, schon ein bisschen. Als ich wachwurde, war er verschwunden.«

»Keine Sorge, ich habe ihn gerade getroffen. In Ninthes Zimmer.«

»Er ist bei Ninthe?« Es rutscht mir raus, bevor ich es verhindern kann.

»Mach nicht so ein erschrockenes Gesicht«, sagt Zara grinsend. »Dante repariert ihren Computer. Er liegt nicht bei ihr im Bett oder so.« Sie beugt sich zu mir und sagt in vertraulichem Ton: »Ninthe ist schon seit Jahren in Dante verliebt.«

»Oh-oh!«

Zaras Grinsen wird noch größer. »Aber Dante nicht in sie.«

Ihre Worte versuchen, einen Platz in meinem Kopf zu finden. Ninthe ist in Dante verliebt, aber Dante nicht in sie. Kein Problem, sollte man meinen. Trotzdem fühlt es sich komisch an.

»He, komm schon, guck nicht so belämmert!« Zara nimmt meine Hand. »Ich kenne Dante schon so lange. Ninthe ist nicht sein Typ, und das wird sie auch nie sein. Vielleicht hätten wir sie nicht im Haus aufnehmen sollen, aber sie brauchte ein Zimmer, und ich wollte nicht Nein sagen.«

»Wem gehört dieses Haus denn?«

»Oh, irgendeinem Hauseigentümer. Boaz ist als Erster hier eingezogen. Er wollte mit ein paar Freunden hier wohnen, aber die haben im letzten Moment alle abgesagt. Also musste er blitzschnell andere Leute finden, sonst hätte er die Miete nicht bezahlen können. Dann hat er zufällig Dante in einer Kneipe getroffen, und der suchte ein Zimmer. Dante wiederum hat dann mich gefragt. Und Raf ist später über ein paar Ecken auch dazugekommen.«

»Aber woher kennst du Dante?«, frage ich.

»Woher ich Dante kenne?« Ihre Augen leuchten auf. »Er ist mein Bruder!«

»Bruder?«, wiederhole ich etwas einfältig.

»Na ja, Pflegebruder. Er kam zu uns in die Familie, als ich acht war.«

Meine Wangen fangen an zu glühen, als hätte sie mich ins Gesicht geschlagen.

»Wusstest du etwa nicht, dass Dante mein Pflegebruder ist?« Zara sagt das in einem Ton, als könnte sie sich nicht vorstellen, dass Dante mir das nicht erzählt hat.

Ich schüttele den Kopf.

»Dann hat er wahrscheinlich vergessen, es zu erzählen.« Sie zuckt mit den Schultern, »Na ja, so spannend ist das ja auch nicht. Dante war damals neun. Meine Eltern wollten gern viele Kinder haben, aber nach meiner Geburt hatte der Arzt gesagt, meine Mutter dürfte nicht noch einmal schwanger werden. Also haben meine Eltern beschlossen, Pflegeeltern zu werden. Wir waren am Ende zu dreizehnt zu Hause! Kannst du dir das vorstellen?«

Das ist doch idiotisch, denke ich. Warum hat Dante mir nicht selbst erzählt, dass Zara seine Pflegeschwester ist?

Zara scheint nichts von meiner Verzweiflung zu merken und redet einfach weiter. »Du solltest mal Weihnachten zu uns kommen. Dann platzt das Haus echt aus allen Nähten bei all den Freunden und Freundinnen, die dann mitkommen.« Sie schlägt die Augen nieder. »Dieses Weihnachten war für Dante natürlich echt kacke. Er saß allein am Tisch. In solchen Momenten ist der Schmerz besonders groß.«

»Ja«, sage ich, auch wenn ich keine Ahnung habe, worüber sie spricht.

»Ich bin so froh, dass er dich jetzt hat. Ich dachte schon, nach Florines Tod würde er sich nie mehr verlieben.«

»F-Florine?«

»Ja, Florine. Seine letzte Freundin.«

Ich starre sie an. Sie starrt mich an. Dann kapiert sie es endlich.

»Oh Himmel, du wusstest das nicht.«

Ich schüttele den Kopf und habe das Gefühl, mein Magen schrumpft und an seiner Stelle entsteht ein großer leerer Fleck, der sich immer weiter in meinem Körper ausbreitet.

»Shit, ich hätte nicht davon anfangen sollen. Aber ich dachte … Ich dachte, dass Dante selbst …«

Während sie nervös weiterredet, kreisen die Gedanken in meinem Kopf: Zara ist Dantes Pflegeschwester. Florine ist Dantes tote Freundin. Zwei Dinge, von denen ich nichts wusste. Am liebsten würde ich aufstehen und wegrennen. Aber wenn ich das tue, höre ich nicht, was Zara sonst noch über Florine zu erzählen hat.

»Warum ist sie tot?« Ich erkenne meine eigene Stimme kaum, so hohl klingt sie.

»Weil …« Sie bricht ab.

Ich fasse sie am Arm. »Bitte, erzähl es mir.«

Zara schüttelt ihren Arm frei. »Ich glaube, es ist besser, wenn Dante dir das selbst erzählt.«

»Aber das tut er wahrscheinlich nicht«, höre ich mich selbst sagen. »Er weiß, dass ich zu Hause jede Menge eigene Probleme habe. Wahrscheinlich will er mich mit seinem Schmerz nicht belasten. Aber so kann ich ihm nicht helfen.«

Das klingt reichlich falsch und weit hergeholt, aber auf Zaras Gesicht erkenne ich Zweifel. Sie runzelt die Stirn und beißt sich auf die Unterlippe.

»Bitte?«, frage ich, so lieb ich kann.

Sie starrt auf ihre Hände, als könnten die ihr Antwort geben. »Also gut«, seufzt sie dann. »Aber du darfst Dante nichts sagen. Er bringt mich um, wenn er dahinterkommt, dass ich es dir erzählt habe.«

Ich nicke.

»Dante hat Florine auf einer Party seiner Studentenverbindung getroffen«, sagt sie leise. »Florine war wirklich das perfekte Mädchen für ihn. Clever, lieb, schön. Ich habe Dante zum ersten Mal verliebt gesehen.«

Ich höre mit dem seltsamen Gefühl zu, dass ich Florine nie das Wasser reichen kann, auch wenn sie tot ist.

»Letztes Jahr im August wollten sie zusammen essen gehen. Sie hatten sich vor dem Restaurant verabredet, aber Florine ist nie dort aufgetaucht.« Zaras Blick ist traurig. »Erst anderthalb Wochen später hat man sie im Wald gefunden. Sie war ... erwürgt worden.«

Erwürgt. Das Wort zerplatzt in meinem Kopf und sorgt dafür, dass ich kaum noch atmen kann.

»Von wem?«, keuche ich.

Die Traurigkeit in Zaras Augen wird tiefer. »Der Täter wurde nie gefunden. Die Polizei hat monatelang ermittelt. Alle wurden befragt, sogar Dante. Das hat ihn echt kaputtgemacht. Dass die Polizei ihn nicht in Ruhe ließ.«

Sie schaut mich an. »Mehr gibt es darüber eigentlich nicht zu berichten.«

Ich weiß nicht, warum, aber ich habe das Gefühl, dass Zara mir nicht alles erzählt hat.

»Oh Shit, ist es schon zehn Uhr?«, ruft sie plötzlich. »Ich bin mit meiner Arbeitsgruppe verabredet. Wir müssen Montag unser Paper abgeben. Wenn ich dir einen Tipp geben darf: Komm nie auf die Idee, Pharmazie zu studieren. Das ist so langweilig!« Sie krabbelt vom Bett. Etwas unschlüssig bleibt sie noch kurz an der Tür stehen. »Du sagst Dante nichts, oder?«

»Nein, keine Sorge.« Meine Stimme klingt rau und gepresst vor Tränen, die ich versuche zurückzuhalten.

»Okay.« Sie nickt und schlüpft aus dem Zimmer.

Die Tür fällt hinter ihr ins Schloss, und ich fange an zu weinen.

TAG: -5

ZEIT: 10:21 Uhr

So schnell ich kann, radele ich durch die Stadt. Überall sehe ich Dantes Gesicht: im spiegelnden Wasser der Grachten, in den Fenstern der Häuser, in den Glasscheiben der Tram-Haltestellen. Ich versuche, an etwas anderes zu denken, aber Dantes Kopf steht immer vor mir. Blöder Idiot, denke ich, während mir die Tränen übers Gesicht laufen.

Es war so leicht, mich vorhin einfach zu verdrücken. Der Flur war wie ausgestorben. Ich bin die Treppe hinuntergelaufen und rausspaziert. Die Haustür fiel mit einem lauten Klicken hinter mir zu, als wolle sie mir klar machen, dass ich dort nicht mehr willkommen bin. Ich wollte nicht nach Hause, denn dort war mein Vater. Und nach Dante war er so ziemlich die letzte Person, die ich jetzt sehen wollte. Also bin ich aufs Rad gestiegen und fahre jetzt wie eine Irre, in der Hoffnung, Dante würde dadurch aus meinen Gedanken verschwinden.

Ich hasse ihn, ich hasse ihn, ich hasse ihn.

Ich biege rechts ab auf den Rokin. Die Linie 4 fährt klingelnd neben mir her. Zwischen der Straßenbahn und mir ist nur ein knapper halber Meter – eine falsche Bewegung mit dem Lenker oder ein Riss im Asphalt, der mich zum Sturz bringt. Bestimmt würde ich es in die Lokalnachrichten schaffen: Mädchen gerät unter Tram-Linie 4. Vielleicht würde Dante die Meldung sehen. Was würde er denken?

Die Tränen strömen jetzt nur so über meine Wangen. Ich komme am Kaufhaus de Bijenkorf vorbei, den Anlegestegen der Rundfahrtboote, einem McDonald's. Und dann muss ich an der roten Ampel anhalten. Außer Atem steige ich ab. Autos, Busse und Lastwagen fahren an mir vorüber. Auf der gegenüberliegenden Seite der Kreuzung sehe ich den Hauptbahnhof, der Platz davor ist schwarz vor Menschen. Wie Ameisen wimmeln sie in alle Richtungen. Alle außer mir scheinen ein Ziel zu haben. Was mache ich hier?

Mein Blick geht über die Prins Hendrikkade, am Hilton vorbei zum Gebäude der Stadtbibliothek. Dort bleibt er hängen, und eine Idee fasst Fuß. *In der Bibliothek sind Computer. Mit Internet.* Die Idee nimmt langsam Gestalt an, wird größer. Wenn *Dante dir nichts über Florine erzählt, dann suchst du eben selbst danach.* Meine Ohren fangen an zu sausen, und mein Nacken kribbelt. *Na los, worauf wartest du noch?* Die Ampel springt auf Grün. Ich hole tief Luft und springe auf mein Rad, Richtung Bibliothek.

Der erste Stock ist menschenleer. Ich suche mir einen Computer in einem Eckchen aus und logge mich mit dem Code ein, den ich am Schalter bekommen habe. Der weiße Bildschirm von Google erscheint. Meine Hände schweben über der Tastatur. Ich traue mich kaum, die Tasten zu berühren. Es fühlt sich an, als wollte ich eine verbotene Welt betreten. Reiß dich zusammen, denke ich. Schnell tippe ich den Namen Florine ein und auf Enter, bevor ich es mir anders überlegen kann.

4.370.000 Suchergebnisse in 0,28 Sekunden. Die Bedeutung des Namens Florine, LinkedIn-Profile von Florines auf der ganzen Welt, ein Campingplatz, der Florine heißt. Das bringt mich nicht weiter, ich muss spezifischer suchen. Ich versuche es mit Florine + Mord + Amsterdam. Mein Bildschirm füllt sich mit neuen blauen Links. Ich scanne die Schlagzeilen. Bingo! Dieser Suchauftrag hat deutlich mehr Treffer ergeben.

Na, bitte …

Das Klingeln meines Handys erschreckt mich so sehr, dass mein Herz ein paar Schläge aussetzt. Mit zitternden Händen fische ich es aus der Jackentasche. Dantes Name blinkt auf meinem Display wie ein Finger, der beschuldigend hin- und hergeht. Er ist dahintergekommen, dass ich nicht mehr in seinem Bett liege! Ich halte das Gerät so weit wie möglich von mir, als wäre es eine Bombe, die jeden Moment explodieren könnte. Nach zwanzig Sekunden hört das Klingeln auf. Ich schaue auf das Display und warte. Zehn Sekunden, dreißig Sekunden. Eine Minute. Es kommt keine Voicemail-Benachrichtigung, keine WhatsApp, nichts.

Offenbar bin ich ihm nicht mehr als einen einzigen Anrufversuch wert. Ich wusste nicht, dass das so wehtun kann.

Mit brennenden Augen öffne ich den ersten Link. Es ist schon ein alter Artikel.

LEICHNAM VON VERMISSTEM MÄDCHEN (19) GEFUNDEN

AMSTERDAM – **Der Leichnam der vermissten Florine Dalhuizen aus Amsterdam wurde am Montag im Amsterdamse Bos gefunden. Wahrscheinlich ist sie durch ein Verbrechen ums Leben gekommen, so die Polizei.**

Von dem Mädchen fehlte seit dem 22. August jede Spur.

Ein Spaziergänger hatte die Leiche am Montagnachmittag in einem Graben gefunden. Die Polizei leitete am Wochenende eine groß angelegte Suche in dem Waldstück ein.
Was genau mit dem Mädchen geschehen ist, muss noch weiter untersucht werden.

Reglos starre ich auf den Bildschirm. Die Buchstaben stehen dort schwarz und hart. Es geht nicht einfach um irgendein Mädchen. Es geht um die vorige Freundin von Dante. Er hat sie berührt, so wie er mich berührt hat. Er hat sie geküsst, so wie er mich geküsst hat. Und jetzt ist Florine … Ich führe den Gedanken nicht weiter aus.

Schnell tippe ich Florine Dalhuizen in die Suchmaske und gehe dann auf BILDER. Fotos rollen über den Bildschirm. Ein Mädchen mit goldblonden Haaren, Sommersprossen und braunen Augen schaut mich an. Ich sehe sie hinter einem Schreibtisch sitzen, einen Arm nach vorn ausgestreckt, weil sie dieses Foto wahrscheinlich gerade als Selfie macht. Ich betrachte es noch einmal ganz genau. Sie lächelt und zeigt ihre geraden, blendend weißen Zähne. Sie trägt ein hellblaues T-Shirt mit kurzen Ärmeln. Auf ihrem Schreibtisch liegt ein Stapel Studienbücher. Es ist ein ungezwungenes Foto, wie ein Profilfoto für Instagram.

Ich scrolle weiter und finde ein Foto, das sie in einem dunkelblauen Shirt und Rock auf einem Sportplatz zeigt. Florine hat einen Arm um das Mädchen rechts neben ihr gelegt. Ihre blonden Haare sind zu einem Pferdeschwanz gebunden, und sie ruft dem oder der Fotografierenden etwas zu. Das Mädchen neben ihr lacht.

Mir wird übel, und ich klicke die Fotos weg. Der Tod hat ein Gesicht bekommen. Ich will weg. Nach draußen. Frische Luft atmen. Aber es gibt noch einen weiteren Suchauftrag, den ich erledigen muss. Das Herz schlägt mir bis zum Hals, während ich eintippe: Freund + Mord + Florine Dalhuizen. Ich wünsche mir, dazu nichts zu finden, aber im Bruchteil einer Sekunde erscheinen fast 14.000 Ergebnisse. Adrenalin rast durch meinen Körper, während ich runterscrolle. POLIZEI AUF NEUER SPUR IM FALL FLORINE DALHUIZEN, lese ich. FREUND VON ERMORDETEM MÄDCHEN VERHAFTET.

Wahllos klicke ich einen der Links an.

FREUND NACH TOD VON MÄDCHEN LÄNGER IN U-HAFT

Der 21-jährige Freund der ermordeten Florine Dalhuizen bleibt noch mindestens bis nach dem Wochenende in Haft. Der Untersuchungsrichter der Gerichtsbehörde Amsterdam hat seine Haftprüfung verlängert.

Polizei und Justiz verdächtigen den jungen Mann der Beihilfe zum Mord an seiner Freundin. Die Polizei will sich nicht weiter zu dem Fall äußern.

Ich habe das Gefühl, dass bestimmte Wörter mir die Kehle zu-

schnüren, und ich fast ersticke: Haftprüfung verlängert … Beihilfe zum Mord …
Blitzschnell blättere ich weiter durch die Seiten. Die blauen Buchstaben der Suchergebnisse heften sich an meine Netzhaut:

Freund von Florine Dalhuizen freigelassen aus Mangel an Beweisen

Keine neuen Verdächtigen im Mordfall Florine Dalhuizen

Polizei stellt Untersuchung ein aufgrund fehlender neuer Spuren

Mir ist schwindelig und warm und kalt zugleich. Dante ist offensichtlich des Mordes an Florine verdächtigt worden. Er wurde freigelassen aus Mangel an Beweisen. Und der Täter ist noch immer nicht gefunden worden …

Das also hat Zara verschwiegen.

Warum hat Dante mir das nicht erzählt?

Ich denke kurz über diese Frage nach. Vielleicht hat er sich nicht getraut. Oder er wollte es mir später noch erzählen. Beide Antworten klingen gleich hohl und unglaubwürdig. Während ich auf den Bildschirm starre, warte ich darauf, dass ich anfange zu weinen, aber seltsamerweise passiert nichts. Ganz tief in mir beginnt etwas zu rumoren, wie ein Vulkan, der nach jahrhundertelangem Schlaf wieder aktiv wird.

Dante hätte es mir erzählen müssen! Es geht nicht um ein geklautes Fahrrad, sondern um Mord! Hat er geglaubt, Danielle fällt doch sowieso auf alles rein? Ich werde immer wütender, bis ich fast platze vor Wut. Mit einem Ruck schiebe ich meinen Stuhl zurück. Ich gehe jetzt sofort zu ihm! Und dann werde ich ihm ins Gesicht sagen, dass er ein Idiot ist! Und dass ich ihn nie mehr wiedersehen will!

Schnell packe ich meine Sachen zusammen. Immer zwei Stufen auf einmal nehmend, renne ich die Treppe hinunter, durch die Eingangshalle, nach draußen zu meinem Rad. Meine Finger zittern so sehr, dass ich mein Schloss kaum aufkriege.

»Hi, Danielle.«

Ich drehe mich um und starre geradewegs in Stans Gesicht. Es fühlt sich an, als würde sich ein Abgrund vor meinen Füßen auftun.

Sein Mund fängt an sich zu bewegen. Ich muss mir große Mühe geben, seine Worte zu verstehen.

»Was für ein Zufall, dass ich dich hier treffe.« Er lächelt, aber sein Tonfall klingt nörgelnd.

Irgendwo tief in mir finde ich meine Stimme wieder. »J-ja.« Aber ich denke: »O mein Gott, das kann kein Zufall sein. Er ist mir gefolgt!«

»Buch ausgeliehen?«

»H-hä?«

Er nickt in Richtung Bibliothek. »Die meisten Menschen gehen in die Bücherei, um sich Bücher auszuleihen.«

»Oh, äh, ja, ich …«

Er hebt eine Augenbraue.

Ich muss mir was einfallen lassen. Irgendwas. »Ich arbeite an einem Referat für die Schule.«

Mir schießt ein Gedanke durch den Kopf. Wenn Stan mir

gefolgt ist, hat er mich auch aus Dantes Haus kommen sehen. Panik steigt in mir auf, so heftig, dass mir schlecht wird.

»Ganz schön fanatisch, auch sonntags am Referat zu arbeiten. Du hättest auch schön im Bett bleiben können.« Sein Blick brennt in meinem Gesicht. »Worum geht es?«

»W-was?«

»Dein Referat.«

»Oh, äh, um … um … die EU und den Brexit.«

Es bleibt einen Moment still.

»Boah, zufällig weiß ich darüber eine Menge«, sagt Stan dann langsam, fast zufrieden. »Ich helfe dir gern dabei. Hast du jetzt Zeit?«

Ich öffne den Mund, aber es kommt kein Ton heraus.

»Soll ich gleich mit dir nach Hause fahren?« Er klingt wie ein Kind, das sich auf einen Schulausflug freut.

»Das … g-geht nicht …«, winde ich mich heraus. Ich spüre, wie meine Wangen glühen. »Wir k-kriegen Besuch. Ein anderes M-Mal vielleicht?«

Ich sehe an Stans dunklem Blick, dass er weiß, dass ich lüge.

»Jederzeit«, sagt er jedoch mit zitternder Stimme. »Sag einfach Bescheid, wenn du Zeit hast.«

»Ja.«

Wir starren uns schweigend an.

»Na, dann fahre ich mal los«, sage ich schließlich heiser. »B-bis bald, ja?«

Ich husche an ihm vorbei und springe auf mein Rad.

Stan schweigt immer noch.

Langsam trete ich in die Pedale, mit kerzengeradem Rücken. Ich muss so tun, als sei nichts. Meine Hände sind schweißnass, und mein Magen ist völlig verkrampft, aber das kann er zum Glück nicht sehen. Der Radweg macht eine Biegung nach rechts. Kurz bevor ich außer Sicht bin, spähe ich noch einmal kurz über meine Schulter.

Stan steht so unbeweglich wie ein Denkmal.

TAG: 0

ZEIT: 22:59 Uhr

Ich kann Florine noch immer bis in alle Einzelheiten vor mir sehen. Die Sommersprossen auf ihrer Nase, die langen seidigen Wimpern um ihre braunen Augen, das herzliche Lachen, die goldblonden Haare. Jede Zelle in ihrem Körper pulsierte und strahlte Energie aus. Es schien manchmal, als würde sie von innen leuchten.

Mein Herz stand einen Moment still, als ich ihr begegnete. Im Bruchteil einer Sekunde stellte sie meine Welt auf den Kopf. Aus Sicherheit wurde Treibsand, aus Liebe wurde Wut, Licht wurde zu Finsternis. Ich war so verwirrt, dass ich in den ersten Wochen nicht wusste, was ich tun sollte. Ich konnte sie nicht aus meinen Gedanken kriegen.

Florine hatte davon nicht den leisesten Schimmer, dafür sorgte ich schon. Und auch der Rest der Welt merkte nichts. Ich war fröhlich. Stabil. Aber in Wirklichkeit hatte sich die tiefe Schlucht wieder aufgetan, ich schwankte am Abgrund.

Es war Der Schatten, der mich von diesem Abgrund wegzog. Der mir erzählte, dass alles viel leichter ist, als es scheint. Dass es an der Zeit ist, mein Schicksal in die eigenen Hände zu nehmen. Aber trotzdem wagte ich es erst Monate später, diesem Schicksal in die Augen zu sehen.

Es war ein schwülwarmer Sommerabend im August. So

ein Abend, an dem man am liebsten bis spät in die Nacht vor einer Kneipe sitzt, um die Hitze mit Bier runterzuspülen. Aber ich hatte andere Pläne. Und Florine auch. Ich wusste genau, was sie an diesem Abend vorhatte. Und ich wusste auch, dass sie durch den Wald radeln musste, um dorthin zu gelangen. »Das ist der passende Zeitpunkt«, flüsterte Der Schatten. Ich wusste, dass er recht hatte. Alle losen Enden würden plötzlich zueinander finden.

Ich habe in einem Graben auf sie gewartet, versteckt hinter hohem Gebüsch, damit mich vom Radweg aus keiner sehen konnte. Das Glück war auf meiner Seite. Florine war allein, als sie sich auf ihrem Rad näherte. Man sagt, das erste Mal sei am schönsten. Aber ich war vor lauter Adrenalin so steif, dass ich die Schönheit völlig aus den Augen verlor. Wie ein Tier habe ich sie angesprungen und ihr mit den bloßen Händen die Kehle zusammengedrückt. Florine sah mich erstaunt an, als dachte sie, ich würde Spaß machen. Als könnte sie nicht glauben, was passierte. Ich drückte fester und noch fester, angefeuert von Dem Schatten. Sie sah mich noch immer mit diesem erstaunten, fast ungläubigen Blick an. Plötzlich riss sie die Augen weit auf, als hätte sie es endlich begriffen. Eine Sekunde später war es vorbei.

Zitternd habe ich mich neben sie gesetzt. So wie sie dort lag, die Augen halb geschlossen, war es, als würde sie schlafen. Äste piksten durch meine Hose, Brennnesseln machten sich über meine Hände her, aber ich spürte es nicht. Ich konnte sie nur immerzu anschauen.

Allmählich wurde mir bewusst, dass ich einen Fehler gemacht hatte. Ich hätte bis zu ihrer Essenz durchdringen können, ihr wahres Ich sehen können. Aber ich war blind gewesen für diese Chance. In einem Versuch, meinen Fehler wiedergutzumachen, habe ich sie ausgezogen. Vielleicht war irgendwo noch ein Fünkchen ihrer Seele zu finden.

Nackt lag sie schließlich vor mir. Ich habe sie gestreichelt, versucht, sie wirklich zu spüren. Aber sie war zu einem Fleischklumpen geworden, ohne Wärme, ohne Seele, ohne Inhalt. Mit dem Saum meines T-Shirts habe ich meine Fingerabdrücke von ihrer Haut gewischt. Ich bin aufgestanden und habe ihre Leiche und das Fahrrad unter dem Farn im Graben versteckt.

Es war erledigt. Müde bin ich in die Stadt zurückgefahren. Ich musste mich ausruhen, wieder zu Kräften kommen, denn ich wusste, dass es nur eine Frage der Zeit war, bevor sie Florine finden würden.

Nach anderthalb Wochen war es soweit. Jetzt kam es darauf an. Ich musste das Spiel gut spielen. Den Schock, die Trauer, die Verständnislosigkeit; alles musste lebensecht und ohne Zögern rüberkommen. Die Polizei machte es mir nicht leicht. Ich hatte Dinge bei Florine hinterlassen, was mir nicht bewusst gewesen war. Dumm, aber nicht zu ändern. Die Polizei kam so nahe. Wie Bluthunde folgten sie der Spur. Aber letzten Endes lief sie sich zum Glück tot.

Die Ruhe kehrte zurück. Sogar Der Schatten ließ sich eine Weile nicht blicken. Das Leben hatte wieder Glanz und Inhalt bekommen.

Bis Danielle in mein Leben trat.

TAG: -5

ZEIT: 12:49 Uhr

Keuchend stehe ich vor Dantes Haustür. Die Wut von vorhin hat sich beim Radfahren verflüchtigt. Ich zittere, mir ist schlecht, und ich habe große Lust zu weinen. Ist das hier wirklich eine gute Idee? Ich schlinge die Arme um meinen Körper. Komm schon, Danielle, sei tapfer! Ich muss es ein paar Mal wiederholen, bevor ich mich traue, auf die Klingel zu drücken.

Die Tür springt auf. Nervös betrete ich die Diele.

»Wer ist da?«, höre ich ein Mädchen rufen.

Ich gehe ein paar Stufen hoch, damit ich sehen kann, wer es ist. Oben an der Treppe steht Ninthe. Vor Schreck bleibe ich ein paar Sekunden reglos stehen.

»Ach, nein, Danielle.« In ihrer Stimme liegt Geringschätzung, sogar eine Spur Abneigung, als wäre ich irgendein dahergelaufener Junkie.

Plötzlich bedaure ich meinen Plan sehr. Wäre ich doch nur nach Hause gegangen! Aber gut, jetzt ist es zu spät.

»Ich dachte, du bist längst weg«, schnaubt sie. »Hattest du vielleicht Heimweh?«

Shit, Ninthe weiß also, dass ich bei Dante geschlafen habe.

»I-ich … h-habe …«, stottere ich, während ich die Treppe hinaufgehe. »Ich h-habe mein Handy vergessen.«

»Ach, wie unangenehm«, sagt sie in einem Ton, als würde sie mir kein Wort glauben.

»Darf ich vorbei?« Mein Herz pocht heftig.

Ninthe sagt nichts, geht lediglich ein paar Zentimeter zur Seite.

»Danke schön«, murmele ich und zwänge mich an ihr vorbei.

»Grüße an Dante!«, ruft sie mir hinterher. Es klingt falsch.

Aus dem Augenwinkel sehe ich, dass sie sich umdreht und in Richtung Küche geht. Zum Glück.

Vor Dantes geschlossener Zimmertür bleibe ich stehen. Ich fühle mich klein und unsicher, während ich zweimal leise klopfe.

»Herein«, ruft er von der anderen Seite.

Mit zitternden Händen drücke ich die Tür auf.

Dante steht am Fenster, mit dem Rücken zu mir. Er trägt eine verschlissene Jeans, ein schwarzes T-Shirt, und seine Haare sind strubbelig, als hätte er noch nicht geduscht.

»D-dante?«

Er dreht sich um. Seine Haut ist blass, und ich sehe keine Spur eines Lächelns oder irgendein anderes freundliches Zeichen auf seinem Gesicht.

»Ja?«, fragt er kalt und emotionslos.

»Ich … Ich habe … Warum …« Die Worte kommen nur mühsam aus meinem Mund, als klebten sie an meinem Gaumen. Ich hole tief Luft und fahre fort. »W-warum hast du mir nichts von F-Florine erzählt?«

Dantes Augen werden dunkel, als wäre das Licht von innen erloschen. »Das ist es also, deswegen bist du weggelaufen«, sagt er tonlos. »Wer hat es dir erzählt?«

Mein Herz setzt vor Schreck einen Schlag aus. »N-niemand.« Ich weiß, wie lächerlich das klingt, aber ich habe Zara versprochen, ihren Namen nicht zu nennen.

»Lass nur, ich kann es mir denken«, zischt er. »Zara, die größte Plaudertasche in diesem Haus. Das Mädel spinnt manchmal wirklich. Dann hat sie dir sicher auch erzählt, dass wir zu einer Familie gehören?« Die letzten Worte spuckt er fast aus.

»Äh, ja.« Ich beiße mir panisch auf die Lippe. Das hier läuft völlig falsch. Ich sollte wütend auf Dante sein, nicht er auf mich!

»W-warum hast du mir nichts von Florine erzählt?«, wiederhole ich in einem verzweifelten Versuch, die Regie wieder in die eigene Hand zu nehmen.

»Was willst du wissen?« Er lacht kurz. »Wie ich Florine erwürgt habe? Wie sie um ihr Leben gebettelt hat? Ist es das, was du wissen willst? Sag schon!«

Ich starre auf meine Hände, die so verkrampft sind, dass sie wie Klauen aussehen.

»Sieh mich an, Danielle. Oder hast du vielleicht Angst vor mir?«

Erschrocken schaue ich auf. »N-nein.«

Dante macht ein paar Schritte auf mich zu. Ich weiche zurück.

»Du lügst.« Er packt mich so fest am Arm, dass mir die Tränen in die Augen springen. Ich schlucke krampfhaft, aber es ist, als wäre ein Deich gebrochen. Die Tränen tropfen über meine Wangen, fließen mir in den Mund.

»Du hättest es mir erzählen müssen«, sage ich unter Tränen.

Seine Augen werden noch dunkler, fast schwarz. »Ach, wirklich? Damit wir nett über Florine hätten plaudern können?«

»Ich … ich … ich …« Meine Stimme bleibt hängen.

Dante schließt die Augen. Seine Finger lösen ihren Griff, und er tritt einen Schritt zurück.

»Verdammt«, sagt er dann. »Verdammt.«

Die eintretende Stille tut weh.

Als er seine Augen öffnet, haben sie wieder ihre normale Farbe. »Es tut mir leid«, sagt er. »Aber ich konnte dir nicht von Florine erzählen, verstehst du das?«

Ich kann nichts antworten, denn ich verstehe es nicht.

Dante geht zur Wand und starrt auf etwas, das ich nicht sehe.

»Weißt du, wie das ist, wenn sie zu dir kommen und dir erzählen, dass deine Freundin tot ist? Als würde jemand dein Herz anfassen und es dir aus dem Leib reißen. Du sagst dir, das hier kann nicht wahr sein, das ist ein Traum. Aber du wirst einfach nicht wach.«

Er fährt sich mit einer Hand durch die Haare. »Ich bin zu ihr gegangen. Sie lag in einer Kühlkammer im Krankenhaus. Sie war schon anderthalb Wochen tot, als sie sie fanden.«

Stille. Ich höre, wie er Luft holt.

»Ich habe sie fast nicht wiedererkannt, so aufgequollen und blau war sie«, fährt Dante leise fort. »Und der Gestank …« Seine Stimme stockt. »Der Gestank war so schlimm, dass ich fast kotzen musste. Sie hatte sich in einen stinkenden, abstoßenden Klumpen … totes Fleisch verwandelt.«

Vor meinen Augen sehe ich das Bild von Florine an ihrem Schreibtisch. Lachend. Lebend. Schön. Mit einem Schauder lege ich schützend die Arme um mich.

»Ich hätte sie an diesem Abend abholen sollen, dann hätte sie nicht allein durch den Wald fahren müssen. Aber ich musste noch lernen und hatte so viel zu tun … Deswegen musste sie sterben.« Er schüttelt den Kopf bei der Erinnerung. »Ich dachte, schlimmer könnte es nicht werden, aber eine Woche nachdem man sie gefunden hatte, stand die Polizei plötzlich vor meiner Tür. Ich sollte mitkommen. Sie dachten, ich hätte Florine ermordet, weil …« Dante starrt mich ausdruckslos an. »Weil man Fasern meiner Kleidung an ihrem Körper gefunden hatte. Von einem T-Shirt. Ich konnte mich nicht einmal daran erinnern, es an diesem Abend getragen zu haben.«

Sein T-Shirt! Ich habe keine Ahnung, was ich sagen soll. Meine Gedanken sind ein einziges großes Chaos.

»Für die Polizei war es sonnenklar: Ich hatte meine eigene Freundin ermordet. Aber nach ein paar Wochen mussten sie mich gehen lassen, weil sie keinen anderen Beweis gefunden hatten. Wahrscheinlich waren die Fasern auf Florines Körper, weil wir uns am Morgen gesehen hatten. Aber denkst du, mir hätte irgendjemand geglaubt?«

»D-deine Eltern aber doch bestimmt?«, frage ich heiser.

Ein kurzes freudloses Lachen. »Ich habe keine Eltern mehr. Und meine Pflegeeltern …« Ein leichtes Zögern. »Die haben vor allem zu Gott gebetet. Sie dachten, ich sei vollständig vom Weg abgekommen. Und als ich freigelassen wurde, dachten sie, Gott habe mir Vergebung gewährt. Was sie wirklich dachten, weiß ich nicht.« Dante zuckt mit den Schultern. »Sie können ihre Gefühle nicht so gut äußern.«

In seinen hochgezogenen Schultern sehe ich plötzlich den kleinen Neunjährigen, der verzweifelt nach der Liebe seiner Pflegeeltern sucht.

»Manchmal vermisse ich Florine so sehr, dass ich kaum Luft bekomme.« Das Tageslicht spiegelt sich in seinen feuchten Augen. Es ist, als könnte ich geradewegs in seine Seele schauen.

»Es fühlte sich an wie ein Geschenk Gottes, dass ich dir begegnet bin.« Die Tränen tropfen aus seinen Augenwinkeln. »Du weißt ja nicht mal halb, was du für mich bedeutest.«

Ich liebe ihn.

Der Gedanke zuckt plötzlich durch meinen Kopf. Es ist, als wüssten meine Beine plötzlich nicht mehr, wie sie stehen bleiben sollen.

»Ich hatte so eine Angst, dass du weglaufen würdest, wenn ich dir von Florine erzählen würde. Kannst du mir verzeihen?«

»Ja«, sage ich kaum hörbar. Oder denke ich das nur? Dante scheint es auch zu hören.

Mit wenigen Schritten ist er bei mir.

»Oh, Danielle.«

Sein Mund findet meinen. Ich schmecke das Salz seiner Tränen. Ich will ihn trösten, ihm helfen, seinen Schmerz wegküssen. Verzweifelt klammere ich mich an ihn. Ich spüre seinen Herzschlag unter meinen Händen, seine Finger ziehen an meinem Pullover. Ein Kleidungsstück nach dem anderen fällt zu Boden, bis ich nackt vor ihm stehe.

Meine Hand gleitet unter sein T-Shirt, fummelt an seiner Gürtelschnalle.

»Nein, nicht!«

Verwirrt sehe ich ihn an. »Aber …«

Dante legt einen Finger auf meine Lippen. »Pssst, sag nichts.«

In einer fließenden Bewegung hebt er mich hoch, als würde ich nichts wiegen. Wie ein Baby liege ich in seinen Armen.

»Du bist schön«, flüstert er mir ins Ohr.

»Dick, meinst du wohl.«

»Sei nicht so unsicher. Dieses ‚Dick' ist nur in deinem Kopf.«

Dante legt mich bäuchlings aufs Bett. Meine Haare liegen wie ein Fächer auf dem Kissen.

»Nicht bewegen«, murmelt er und setzt sich hinter mich.

Ich spüre seine Finger auf meinen Pobacken. Sie drehen kleine Kreise, streicheln, drücken in meine Haut. Ganz langsam kriecht seine Hand über meinen Rücken nach oben. Bei meinen Schulterblättern hält er inne. Seine Fingerspitzen drücken auf Muskeln, deren Existenz mir gar nicht bewusst war. Ein kleiner Aufschrei entschlüpft mir.

»Du bist ziemlich angespannt«, höre ich ihn sagen. »Gib dich dem hin.«

Er massiert mich. Minutenlang. Seine Bewegungen werden drängender. Tiefer. Jedes Mal, wenn ich denke, dass ich es nicht mehr aushalte, macht er eine kurze Pause, um dann noch fester weiterzumachen. Es ist, als würden wir in Kreisen umeinander tanzen, die immer kleiner werden.

Seine Hand geht zu meinem Nacken, streichelt die Seite und schließt sich dann sanft um meinen Hals. Ein Schauder läuft mir über den Rücken.

»Vertraust du mir, Danielle?«, fragt er heiser.

»J-ja.«

»Gut so«, murmelt Dante, während er sanft meine Wange küsst.

Der Druck seiner Hand nimmt zu. Ich muss mich anstrengen, noch zu atmen.

»D-dante?«

»Psst.« Er streichelt meinen Körper im Rhythmus meines Herzens.

Ich gebe mich dem hin. Es ist, als würden alle Geräusche verstärkt. Dantes Atmung, der Wind draußen, ein Auto, das auf der Straße vorbeifährt. Ich höre seine Stimme hoch über mir, fremd und langgezogen. Ich versuche mich umzudrehen, aber mein Körper ist schlaff und schwer. Was passiert da gerade?

»Vertraust du mir?«, fragt er noch einmal.

Die Worte fallen auf mich herab. Oder ist das nur ein Echo aus meiner Erinnerung?

Ich will wieder »Ja« sagen, aber es gelingt mir nicht.

Das Zimmer verschwimmt. Ich kann meinen Blick nicht mehr fokussieren. Über mir flackert ein letzter Streifen Tageslicht. Ich spüre, wie ich weggleite. Das Licht verlöscht, und alles wird dunkel und kalt. Ich habe keine Angst, bin nicht böse oder traurig. Nur erstaunt.

TAG: -5

ZEIT: 17:30 Uhr

Ich schnelle hoch und schnappe nach Luft. Meine Ohren sausen, und mein Kopf hämmert, als hätte ich einen furchtbaren Kater.

»Gut geschlafen?«

Eine Stimme. Ich zwinkere einige Mal mit den Augen. Ein paar Meter von mir entfernt sitzt Dante an seinem Schreibtisch. Es ist dämmrig in seinem Zimmer, als wäre es schon Abend geworden.

Ich verstehe gar nichts. Was mache ich hier?

Eine Erinnerung drängt sich in meine Gedanken. Ich liege auf dem Bett. Dante massiert mich. Und dann ... Oh Himmel. Meine Hand zuckt zu meinem Hals.

»Du hast geschlafen. Offenbar war meine Massage ziemlich einschläfernd.«

Ich starre ihn an, mit dem seltsamen Gefühl, dass ich verrückt geworden bin. Oder er.

Dante starrt zurück. Im Dämmerlicht kann ich ihn nicht gut sehen. Könnte ich nur das Licht anmachen, könnte ich nur sehen, was er jetzt denkt.

»Ist was?«, fragt er ausdruckslos.

»Ich ...« Meine Hand fährt an meinem Hals entlang, aber ich spüre nichts. Trotzdem bleibt das unbehagliche Gefühl, als würde man aus einem Albtraum erwachen und nicht mehr genau wissen, worum es in diesem Traum ging. »Oh, äh, nein, es ist nichts«, sage ich zögernd. »Ich bin einfach nur ein bisschen müde.«

Es bleibt still.

Du hast etwas falsch gemacht, scheint Dantes stille Botschaft zu sein.

Ich weiß nicht, wie ich mich verhalten soll, und zupfe an der Bettdecke.

Plötzlich steht er von seinem Schreibtischstuhl auf. »Müde? Wie kann das denn sein? Du lagst wirklich wie im Koma. Weißt du eigentlich, wie spät es ist?«

»Nein.« Mein Blick geht zu dem digitalen Wecker neben seinem Bett. Ich muss ein paarmal hinschauen, um es zu begreifen. 17:32 Uhr! Zwei Minuten nach halb sechs!

»Fuck!« Ich wurstele mich unter der Decke hervor und springe aus dem Bett. »Wo ist mein Handy?«

»Dort.« Dante zeigt auf das Schränkchen neben seinem Bett.

Ich schnappe mir mein Telefon und überprüfe das Display. Zwölf verpasste Anrufe, alle zwölf von meinem Vater. Es ist noch schlimmer, als ich dachte.

»Ist was?«, fragt Dante.

»Mein Vater«, piepse ich. »Er bringt mich um. Ich sollte vor zwei Uhr zu Hause sein. Shit, shit, shit, wie kann mein Handy denn auf lautlos gewesen sein?«

»Das wirst du wahrscheinlich selbst gemacht haben«, sagt Dante lächelnd.

Er schaut mich an. Ich schaue ihn an.

Wieder etwas, an das ich mich nicht erinnern kann. Aber ich habe keine Zeit, jetzt darüber nachzudenken. Ich hebe meinen Slip vom Boden auf und ziehe ihn an. »Sorry, aber ich muss weg.«

»Wie du willst.« Sein Lächeln lässt für einen Moment nach. »Dann hole ich kurz meinen Hausschlüssel aus meiner Jacke, sonst kannst du nicht raus.«

Irgendwie hatte ich gehofft, Dante würde mich anflehen, noch ein wenig zu bleiben. Aber nein. Er steht auf und geht zur Tür. Kurz bevor er auf den Flur verschwindet, sagt er: »Und dieses Mal nicht heimlich weglaufen, okay?«

»Äh, nein.«

Die Tür fällt hinter ihm zu.

Einen Augenblick weiß ich nicht, was ich machen soll. Aber dann rüttelt mich das Bild meines Vaters auf. *Du bekommst Hausarrest, Danielle.* Mit beiden Händen zerre ich meine Jeans hoch. Der raue Stoff scheuert über meine Hüfte, und mir kommen schon wieder die Tränen. *Vielleicht hat er Madelief angerufen, wo ich bleibe.* Bei dem Gedanken erstarre ich. Das wäre mein Ende. Dann weiß nicht nur mein Vater, dass ich gelogen habe, sondern auch Madelief.

Panisch suche ich nach meinen restlichen Kleidungsstücken. Unter Dantes Schreibtisch finde ich meine Socken. Neben seinem Bett meinen BH. Aber wo ist mein Pullover? Ich schaue hinter dem Schränkchen, im Papierkorb. Nichts. Ich knie mich hin und suche unter dem Bett.

Ein Knarren.

Da läuft jemand über den Flur! Mein Mund wird trocken. Wenn jetzt einer von Dantes Mitbewohnern reinkommt, mache ich mich unsterblich lächerlich in meiner Jeans mit BH. Zum Glück gehen die Schritte an Dantes Tür vorbei. Ein paar Sekunden später hört das Knarren auf.

»Hey, Mann«, höre ich Boaz sagen. Seine Stimme klingt gedämpft. »Kann ich mal vorbei? Ich hab's eilig.«

»Nein.«

Dante! Was macht er noch immer auf dem Flur?

»Jetzt komm schon«, sagt Boaz. »Ich hab keine Zeit für Scherze.«

»Meinst du, dass das ein Scherz von mir war?«

»Jetzt halt die Klappe und lass mich da ...«

Ein dumpfer Knall, als würde jemand mit voller Wucht mit der Faust gegen die Wand schlagen. Ich krümme mich zusammen.

»Wir hatten eine Vereinbarung, Boaz. Oder hast du die vergessen?«

»Nein, nein, die habe ich nicht vergessen, natürlich nicht. Aber es gibt ... Probleme ... aufpassen ...«

Boaz' Stimme wird immer leiser, als stünden sie jetzt ein Stückchen weiter den Flur hinunter. Oder als würden sie flüstern.

»Verdammt ... wann ...«

Ich halte den Atem an, als könnte ich dann besser verstehen, was Dante antwortet. Aber es bleiben lose Fetzen.

»... vielleicht ... Wochenende ... wenn«, sagt Boaz.

Wieder ein Knarren, die Schritte kommen näher.

»Geht das jetzt wirklich so schnell?« Dantes Stimme, hart und scharf.

Worum geht es da um Himmels willen?

»Ja«, höre ich Boaz sagen, »ich denke schon ...«

Ein Poltern. Es hört sich an, als käme jemand die Treppe aus dem zweiten Stock herunter.

»Hey, hier ist ja was los.« Rafs Stimme. »Haltet ihr eine Hausversammlung ab? Lasst mich raten, Boaz hat wieder mal vergessen, das Klo zu putzen?« Darüber kann anscheinend nur er allein lachen.

»So ähnlich«, antwortet Dante.

Stille.

»Ist was?«, fragt Raf.

»Nope«, antwortet Boaz. »Also, Leute, so gemütlich es hier auch ist, Boaz wird dieses Fest jetzt verlassen und in sein Zimmer gehen. Ich habe morgen eine Statis-fucking-tik-Klausur.«

»Willkommen im Klub«, sagt Raf. »Ich habe Mittwoch auch eine Klausur. Warum kommst du nicht mit in die Bib zum Lernen? Ich bin gerade auf dem Weg.«

»Nein danke, ich bleibe lieber hier.«

»Wie du willst«, sagt Raf, der es offenbar nicht schlimm findet, allein zu gehen. »Ich mach mich vom Acker. Hasta la vista.«

»Bis später«, murmelt Boaz.

Dante sagt nichts.

Ich höre, wie Raf die Treppe hinuntergeht. Kurz darauf fällt die Haustür ins Schloss. Es ist einen Moment lang still, dann setzen sich Boaz und Dante in Bewegung. Ich erwarte, dass sie noch etwas zueinander sagen, aber Dantes Tür fliegt auf, während ich noch hinter dem Bett knie!

Steif rappele ich mich auf.

Dante steht in der Tür. Er sagt nichts, er sieht mich nur an.

Ich spüre, wie eine warme Glut vom Nacken in meine Wangen zieht. Oh Shit, sollte ihm klar sein, dass ich das Gespräch zwischen ihm und Boaz belauscht habe?

»Was hast du da gemacht?«, fragt er schließlich.

»M-meinen Pulli gesucht«, bringe ich zittrig und ungeschickt heraus.

Dante kommt auf mich zu. Ich traue mich nicht zu bewegen.

»Hast du ihn gefunden?«

»W-wen?«

»Deinen Pulli.« Er seufzt, als würde er mich für dumm halten.

»Oh, äh, nein.«

»Und weißt du, woran das liegt, Danielle?«

Ich schüttele den Kopf.

»Weil dein Pulli hier liegt.« Dante nimmt meinen Pulli von seinem Schreibtischstuhl und wirft ihn mir zu.

Mit knallrotem Kopf streife ich ihn über. Es fühlt sich unangenehm an, Dante anzusehen.

»Also, äh, ich gehe dann mal«, sage ich schließlich, weil mir nichts anderes einfällt.

»Ja.«

Das klingt wie ein Abschied. Eine seltsame Kälte zieht durch meinen Körper.

»Nächste Woche habe ich sehr viel zu tun, Danielle.«

Es ist, als würde meine Kehle zugedrückt, und ich schlucke mühsam.

»Rechne lieber nicht damit, dass wir uns sehen können.«

Jetzt ersticke ich fast. Ich muss etwas tun. Bevor ich ihn nie wiedersehe. Mein Kopf trifft eine blitzschnelle Entscheidung.

»Wir könnten uns auch für nächstes Wochenende verabreden.«

Das ist eine Lüge. Ich muss nächstes Wochenende zu meiner Mutter nach Vught. Aber ich würde jetzt alles und jeden anlügen, nur um bei Dante zu sein.

»Du kannst zu mir nach Hause kommen. Mein Vater ist nicht da. Er fährt schon Freitagmittag mit der blöden Elise weg. Wir könnten Pizza bestellen«, plappere ich. »Oder kochen. Käse-Schinken-Nudeln. Oder Lasagne.«

Eine lange Stille tritt ein, die wenig Hoffnung macht.

»Dieses Wochenende«, sagt Dante dann langsam.

Bitte, denke ich. Bitte, bitte, bitte.

»Dieses Wochenende müsste klappen. Sollen wir Samstagabend festhalten?«

Ich bin so erleichtert, dass ich anfange zu lachen. »Ja, prima. Um sieben?«

»Um sieben bin ich da.« Dante beugt sich vor und küsst mich flüchtig auf den Mund. »Bis Samstag, Danielle.«

Die Haustür fällt hinter mir ins Schloss. Ich atme ein paarmal tief ein, als könnte ich so diesen Tag aus meinen Gedanken löschen.

»Ach nein, du auch hier?«

Blitzschnell schaue ich zur Seite. Ein paar Schritte entfernt sitzt Raf auf seinem schwarzen Scooter, einen Helm in den Händen. Er betrachtet mich, als würde er mich zum ersten Mal sehen.

»Hallo«, sage ich zögernd.

»Was für eine Überraschung.« Sein Blick gleitet über meinen Körper. »Dante hat gar nicht gesagt, dass du bei uns warst.« Es fühlt sich an, als würde er geradewegs durch meine Kleidung hindurchschauen.

Ich verschränke die Arme. »V-vielleicht hat er nicht daran gedacht«, stammele ich.

»Hm. Könnte sein.« Raf scheint Dante schon wieder vergessen zu haben. »Machst du heute Abend noch was Schönes?«

Ich finde die Frage ziemlich merkwürdig. »Äh, nein, ich hatte vor, nach Hause zu gehen.«

»Nach Hause? Das kannst du noch dein ganzes Leben.« Er lächelt. »Wir könnten auch etwas zusammen trinken gehen.«

Flirtet er mit mir? Ich spüre, wie sich mein Magen zusammenzieht.

»Ich fände es nett, Dantes Freundin … ein bisschen besser kennenzulernen.«

Das träge Grinsen um Rafs Mund macht es nur noch schlimmer. Oh Hilfe, was soll ich antworten?

»Du wolltest doch lernen.« Kaum habe ich das ausgesprochen, weiß ich, dass ich einen Fehler gemacht habe.

Raf kneift die Augen zu Schlitzen zusammen. »Woher weißt du das?«

Meine Hände werden klamm. »Oh … ich habe zufällig euer Gespräch auf dem Flur gehört.«

»Hast du etwa gelauscht?«

»Nein, nein, wirklich nicht, ich war … es …« Ich stolpere über meine Worte. »Ich war zufällig in Dantes Zimmer. Ich … ich habe euch nicht absichtlich belauscht.«

Raf bricht in Lachen aus. »Das wird Dante gar nicht gefallen. Aber keine Sorge, dein kleines Geheimnis ist bei mir sicher.«

»D-danke.«

Bei Raf in der Kreide zu stehen ist wirklich das Letzte, was ich will. Aber ich habe keine andere Wahl.

»Egal wie, du hast recht: Ich muss wirklich lernen. Aber ein Powergetränk mit dir müsste noch gehen.«

»Fände ich schön.« Halte ihn bei Laune. Sei nett! »Aber ich muss wirklich nach Hause.«

»Schade.« Raf setzt seinen schwarzen Helm auf und startet den Scooter. »Sollte je Schluss sein mit Dante, dann …« Der Rest seines Satzes geht im anschwellenden Geknatter seines

Auspuffs verloren. »Ciao!«, höre ich ihn noch rufen, dann fährt er davon.

Rafs Worte klingen noch in meinem Kopf nach. *Sollte je Schluss sein mit Dante, dann* … Hoffentlich werde ich es nie erfahren.

TAG: 0

ZEIT: 23:06 Uhr

Geschlossen wie eine Auster liegt Danielle auf dem Bett, ihre Geheimnisse tief in ihrem Innersten verborgen. Sie lässt mich nicht rein. Und das macht mich wütend. All die Tage der Vorbereitungen umsonst ... Ich habe wieder versagt.

Plötzlich ekele ich mich vor ihrem Körper. Sie schließt mich aus, spielt das liebe, naive Mädchen. Der Gedanke, dass der Rest der Welt sie genauso wahrnimmt, erfüllt mich plötzlich mit einem so intensiven Hass, dass ich aufstehe. Das Blut rauscht in meinen Ohren, während ich einen schwarzen Marker vom Schreibtisch nehme.

Ich werde der Welt erzählen, wer sie wirklich ist. Mit großen Strichen schreibe ich auf ihren Bauch:Schrift;

HURE

Ein Stempel. Ein Brandmal. Die Wahrheit.

Ich sehe das Erstaunen auf ihrem Gesicht. Sie versteht nicht, was ich da mache. Ich setze die Spitze des Stifts auf ihren Oberschenkel und drücke fest.Schrift;

FOTZE

Ein Ausdruck von Angst verzieht ihren Mund. Ob es wehtut? Ich hoffe es. Quer über ihre Brüste schreibe ich:Schrift;

SCHLAMPE

Keuchend betrachte ich mein Werk. Reglos liegt sie auf dem Bett. Die schwarzen Buchstaben heben sich unnatürlich stark ab gegen ihre weiße Haut. Ich hätte Genugtuung erwartet. Befriedigung. Aber es ist, als wäre mir noch mehr von ihr abhandengekommen.

Der Marker fällt mir aus der Hand.

»Töte sie«, sagt Der Schatten. »Sie ist nutzlos geworden.«

Fast gedankenlos nehme ich das Rasiermesser.

»Sie hat es verdient«, zischt Der Schatten.

Ich lausche ihm, ohne ihn richtig zu hören. Die Welt ist kleiner geworden. Enger. Ich bekomme kaum noch Luft.

Mit äußerster Sorgfalt setze ich das Rasiermesser auf einer Ader an.

Es ist, als würde die Zeit langsamer vergehen, als würde sich jede Sekunde verzögern. Der Augenblick der Erlösung ist so nah.

Jetzt!

Das Messer schneidet durch die Haut. Blut wallt auf und tröpfelt aus der Wunde. Erleichtert atme ich auf. Was sich so gut anfühlt, kann nicht falsch sein.

TAG: -5

ZEIT: 18:14 Uhr

Es ist wie ein Déjà-vu: Wieder sitzt mein Vater am Küchentisch. Und wieder hat er einen so düsteren, grimmigen Blick in den Augen, dass ich es darin fast gewittern sehe.

»Ach nein, schau mal einer an, wen wir hier haben«, sagt er höhnisch. Das verspricht wenig Gutes. »Wohnst du auch noch hier?«

Ich starre zu Boden.

»Sieh mich an!«

Widerwillig tue ich, was er verlangt.

»Wir hatten etwas vereinbart, weißt du noch?«, sagt er sehr laut und deutlich artikulierend, als wäre ich taubstumm.

Als ich keine Antwort gebe, fährt er fort: »Und laut dieser Vereinbarung solltest du mich anrufen oder eine Nachricht schicken, wenn du es nicht schaffst, rechtzeitig zu Hause zu sein.«

Er schlägt mit der Faust auf den Tisch.

Ich krümme mich zusammen. So wütend habe ich meinen Vater noch nie erlebt.

»Was hast du diesmal für eine Entschuldigung?«, poltert er.

Meine Hände fühlen sich an wie ein nasser Waschlappen. »Ich habe … bei M-Madelief geschlafen, das hatte ich dir d-doch erzählt?«

Ich weiß, wie lächerlich das klingt, weil es mittlerweile Abend ist.

»Du bist vier Stunden zu spät! Vier Stunden!« Wieder schlägt er mit der Hand auf den Tisch. »Weißt du, dass ich Madelief angerufen habe?«

»Oh.« Scheiße! Am liebsten würde ich mir jetzt die Finger in die Ohren stecken, um den Rest der Geschichte nicht mehr hören zu müssen.

»Und weißt du, was sie gesagt hat? Nun?«

Ich mache mich auf alles gefasst.

»Nichts!« Er lacht wild, als hätte er Pillen geschluckt und wäre auf einem schlechten Trip. »Sie ist auch nicht an ihr Handy gegangen. Das scheint verdammt noch mal ansteckend zu sein!«

Hä? Was? Sie ist nicht ans Handy gegangen? Erst nach einigen Sekunden verstehe ich seine Worte. Meine Beine fangen an zu zittern: Es fühlt sich an, als hätte ich ein russisches Roulette überlebt.

»Wir sind heute Mittag in die Stadt gegangen und haben zu ihrem Geburtstag was gegessen.« Seltsamerweise klingt meine Stimme sehr fest und sicher. »Ich habe die Zeit vergessen, tut mir leid.«

Sein Blick durchbohrt mich. »Und das soll ich glauben?«

Ich nicke.

In der eintretenden Stille warte ich auf das, was jetzt kommen wird. Wie viele Wochen Hausarrest wird er mir verpassen? Zehn? Zwanzig? Ein ganzes Jahr?

»Diesmal kommst du damit davon«, sagt er schließlich seufzend, als hätte ihn das alles sehr ermüdet. »Aber nur, weil du meine Tochter bist. Und weil ich davon ausgehe, dass eine Tochter ihren Vater nicht anlügt. Das ist doch so, oder?«

»J-ja.«

Er ignoriert meine Antwort. »In den nächsten zwei Wochen hast du Hausarrest. Ich möchte, dass du jeden Tag sofort nach der Schule nach Hause kommst. Und dann rufe ich dich an. Auf unserem Festnetz. Um zu kontrollieren, ob du auch wirklich da bist.«

Wir schauen uns eine Weile schweigend an.

»Was ist nur mit der alten Danielle von früher passiert? Das nette, liebe Mädchen, das immer für jeden da war? Manchmal vermisse ich …« Mein Vater stoppt mitten im Satz, als hoffte er, dass ich ihm zustimme.

Ich presse meine Lippen fest aufeinander.

»Geh jetzt in dein Zimmer. Los.« Er schickt mich weg, als wäre ich ein Hund. »Und, Danielle?«

»Ja?«

»Hast du deine Mutter schon angerufen?«

Ich schüttele den Kopf.

»Dann machst du das jetzt auf der Stelle. Verstanden?«

Mein »Okay« ist kaum zu hören.

»Los, verschwinde.«

Ich habe mich schon halb umgedreht, erleichtert, dass ich verhältnismäßig glimpflich davongekommen bin, als mein Vater sagt: »Oh ja, bevor ich es vergesse: Stan war heute Morgen noch hier, gegen halb zwölf.«

Einen Augenblick lang glaube ich, mich auf der Stelle übergeben zu müssen, meinem Vater direkt vor die Füße.

»W-wer?«

»Stan, dein Ex-Freund. Er wollte dir bei einem Referat oder so was helfen.«

»W-was hast du gesagt?«

»Dass du bei einer Freundin übernachtest, und dass ich dich

erst gegen zwei zu Hause erwarte. Er hat ein paar Bücher hiergelassen für deine Arbeit. Sie liegen auf dem kleinen Tisch beim Fernseher.«

Ich spüre, wie die Panik durch meinen Körper rast. Ich will mich kleinmachen und an einem Ort verstecken, an dem mich niemand findet.

Ich habe ein Problem.

Ein sehr großes Problem.

Weit entfernt höre ich meinen Vater weiterreden. »Ich soll dich grüßen.« Er schlägt die Zeitung auf und sieht mich stirnrunzelnd an. »Ist was?«

»N-nein.«

»Schön.« Mein Vater fängt an zu lesen.

Ich drehe mich um und gehe nach oben in mein Zimmer.

Ich halte den Vorhang wie einen Schild vor mich und spähe um die Ecke. Ich sehe, wie der Nachbar von Nummer 15 mit dem Nachbarn von Nummer 17 plaudert. Die Nachbarin von gegenüber steht am Fenster und telefoniert. Ein paar Autos fahren vorbei. Ein Junge kickt in der Dämmerung gegen einen Fußball. Es ist ein stinknormaler, langweiliger Samstagabend. Die Angst, die ich bis jetzt empfunden habe, legt sich allmählich etwas. Wo Stan jetzt auch sein mag – hier ist er jedenfalls nicht.

Mit einem Ruck ziehe ich die Vorhänge zu und setze mich an meinen Schreibtisch. Ich rede mir ein, dass Stan es vielleicht nur nett meinte und mir tatsächlich bei meinem angeblichen Referat helfen wollte. Doch auf diese Weise den Rest meiner Angst in den Griff zu bekommen, gelingt nicht wirklich.

Ich ziehe mein Handy aus der Hosentasche und tippe die Nummer meiner Mutter ein, mein anderes Problem. Mein Zeigefinger schwebt über der grünen Anruftaste.

Los, fordere ich mich selbst auf. Ganz leicht berührt mein Finger das Display. Ich atme tief ein. Ich sollte mich lieber so anhören, als ginge es mir supergut. Meine Mutter wird sicher argwöhnisch, wenn ich stotternd und stammelnd am Telefon bin.

»Danielle!«, ruft meine Mutter froh, als sie das Gespräch annimmt.

»Hallo, Mama.«

»Wie schön, dass du anrufst, Liebes. Ich vermisse dich.« Noch mehr liebe Worte. Sie pressen mir die Kehle zusammen. Ich schlucke ein paarmal.

»J-ja.«

»Wann kommst du am Freitag? Vielleicht können wir zusammen ins Kino. Hättest du Lust?«

»Ich … es … deswegen rufe ich eigentlich an.« Meine Atmung klingt wie ein Orkan. »Ich kann nämlich nächstes Wochenende nicht kommen.«

»Oh.« Es bleibt ein paar Sekunden still.

»Ich bin … zu einem Fest bei Loulou eingeladen«, lüge ich. »Ihre Eltern sind fünfundzwanzig Jahre verheiratet. Robin und Madelief kommen auch.«

»Und das willst du natürlich nicht verpassen.« Ich höre, dass sie enttäuscht ist, auch wenn sie sich große Mühe gibt, das vor mir zu verbergen. »Das verstehe ich, Schatz.«

»Es tut mir leid, Mama. Sie hat es mir gestern erst erzählt.«

»Kein Problem, Liebes. Wir verschieben unser Treffen einfach um eine Woche.« Sie seufzt. »Ist Papa denn nächstes Wochenende da? Er wollte doch weg?«

»Daraus wird nichts.« Noch mehr Lügen.

»Okay.«

In der kurzen Stille höre ich die Hintergrundgeräusche bei

meiner Mutter. Klappern von Geschirr, das aus einer Spülmaschine geräumt wird. Musikfetzen. Eine Tür, die irgendwo zuschlägt. Das ist Mamas Leben. Und ich gehöre nicht mehr dazu.

»Mama? Ich …«

»Ja?«

Ich beiße mir auf die Lippe. »Nichts. Bis in zwei Wochen.«

»Bis dann, Liebes. Und ruf an, wenn etwas ist, ja?«

»Ja.«

Wir legen auf.

Ich starre auf mein Handy. Ich wollte ihr sagen, dass ich sie auch vermisse. Dass ich mich manchmal so allein fühle. Dass ich sie jetzt so gern bei mir hätte. Fast wäre es mir rausgerutscht, doch ich konnte es gerade noch rechtzeitig runterschlucken. Ich habe einen Kloß im Hals, und meine Wangen prickeln. Ich will weinen, aber es geht nicht.

Das Bild der lachenden Florine an ihrem Schreibtisch steigt in mir auf. Sie saß genauso da wie ich jetzt. Ich will es nicht, aber ich mache es trotzdem: Ich halte mein Handy vor mir in die Höhe, genau wie Florine auf diesem Foto.

Klick.

Ein weißes, dickes Gesicht mit hohlen Augen starrt mich an. Mein Gesicht. Ich bin nicht hübsch, nicht besonders, nicht strahlend oder schlank. Ich kann mich nicht im Geringsten mit Florine vergleichen. Plötzlich fange ich an zu weinen.

Ich bin neidisch auf Florine, obwohl sie tot ist.

TAG: -4

ZEIT: 01:31 Uhr

Wo bin ich? Ich schrecke auf und spähe ins Dunkel. Es dauert ein paar Sekunden, bevor mir klar wird, dass ich in meinem eigenen Zimmer bin – und dass es mitten in der Nacht ist. Warum bin ich aufgewacht? Ich lausche angestrengt, als könnte ich die Antwort in der Finsternis finden. Aber da ist nichts, außer meinem eigenen Herzschlag.

Angsthase. Ich will mich gerade wieder hinlegen, als ich es höre. Ein leises Knacken. Als würde jemand draußen im Garten auf ein Ästchen treten. Mein Mund wird trocken, und ich spüre, wie mir ein Schauder über das Rückgrat nach oben kriecht. Ich wage es nicht, mich zu bewegen. Nach ein paar Sekunden knackt es erneut, jetzt aber näher. Direkt unter meinem Fenster!

Starr vor Angst lausche ich. Ich denke an Stan. Er war bestimmt wütend, als er mich nicht zu Hause angetroffen hat. Da höre ich ein anderes Geräusch von draußen. Metallisch und hohl, als würde jemand leise mit einem Schöpflöffel gegen einen Topf ticken. Ich kann es nicht einordnen. Und dann findet mein Hirn die Lösung: die Regenrinne! Jemand versucht, die Regenrinne hochzuklettern! Und mein Fenster steht auf Kipp!

»Nein«, schreie ich. »Nein!« Ich will aus meinem Bett,

flüchten, weg von meinem Fenster. Aber ich habe vergessen, wie man sich bewegt.

Schnelle Schritte. Ein dunkler Schatten, der sich aus dem Dunkel reißt und auf mich zu rennt.

»Nei-hein!« Mein Körper fängt an zu zucken.

»Danielle!«

Die Gestalt kennt meinen Namen!

Hände fassen mich an, schütteln mich kräftig.

»Geh weg«, schreie ich so laut, dass es im Hals schmerzt.

»Ich bin es, Papa!« Das Lämpchen neben meinem Bett wird eingeschaltet. Ich starre in das Gesicht meines Vaters. Seine Augen sind weit aufgerissen, und er beißt sich auf die Lippen.

»Liebes, was ist denn los?«

Ein merkwürdiger Laut entweicht meiner Kehle, und ich zeige zum Fenster. »D-draußen. D-draußen.« Das hört sich an, als wäre ich verrückt geworden.

»Was ist da draußen?« Mein Vater nimmt meine Hand und tätschelt sie.

»Da i-ist jemand draußen«, wimmere ich.

»Wirklich?« Mein Vater runzelt die Augenbrauen. »Das wage ich zu bezweifeln.« Er steht auf und geht zum Fenster. Mit einem Ruck zieht er die Vorhänge auf.

Die Schwärze der Nacht dringt in mein Zimmer. Ich presse die Decke an mich. Mein Herz klopft so schnell, dass mir schwindelig wird.

»Ich sehe niemanden«, sagt mein Vater nach einer Weile. Er zieht die Vorhänge wieder zu und setzt sich auf die Bettkante.

»Vielleicht war es ein Hund«, sagt er. »Oder eine Katze. Oder ein …« Er schweigt, als würde ihm auch nichts weiter einfallen. »Fühlst du dich denn sonst gut, Danielle?«

Geistesabwesend schaue ich ihn an.

Er legt eine Hand auf mein Bein. »Das kann so nicht länger weitergehen, das ist dir doch auch klar, oder?«

Seine Hand kommt mir bleischwer vor.

»Ich mache mir Sorgen um dich. Ich … ich …« Offenbar ist er ratlos.

Seine Worte schwirren in meinem Kopf, stechen in meinen Augen. Ich blinzle die Tränen weg.

»Wir reden noch darüber.« Mein Vater steht auf. »Jetzt schlaf erst mal. Du bist bestimmt todmüde. Möchtest du ein Glas Wasser?«

»N-nein.«

Er zieht die Bettdecke bis zu meiner Nasenspitze hoch. »Soll ich das Licht im Flur anlassen?«

Ich nicke.

Mein Vater bleibt ein wenig unentschlossen auf der Türschwelle stehen, als würde er sich nicht so richtig trauen, mein Zimmer zu verlassen. »Versuch, ein wenig zu schlafen«, sagt er schließlich.

»Gute Nacht, Papa«, sage ich so leise, dass ich es selbst kaum höre.

Mit brennenden Augen starre ich in die Dunkelheit. Bei jedem Geräusch setzt mein Herz ein paar Schläge aus. Auf meinem Radiowecker sehe ich, wie die Minuten verstreichen. Fünf Minuten. Eine Viertelstunde. Eine halbe Stunde. Anderthalb Stunden. Das wird nicht funktionieren. Ich bin zu angespannt, um einzuschlafen.

Ich springe aus dem Bett und knipse das große Licht an. In Joggingjacke setze ich mich an meinen Computer. Innerhalb einer Minute bin ich online, und was ich lese, beruhigt mich: Die normale Welt existiert noch! Robin ist vor elf Stunden bei ihrer Oma zu Besuch gewesen, lese ich. Tessa aus meiner Klasse ist krank. Robin fand die Kekse bei ihrer Oma ungenießbar. Ich versuche, mir den Kopf mit solchen Informationen vollzustopfen, damit die Angst keinen Platz mehr darin findet.

Als Nächstes klicke ich mich durch Instagram. Fotos gleiten vorbei, immer ein Stückchen weiter zurück in der Zeit. Es wird wieder Sonntagabend. Sonntagmittag. Samstagabend. Und dann sehe ich sie plötzlich. Loulou, Robin und Madelief in inniger Umarmung. Alle drei lachen in die Linse. Party of the year!, hat Loulou zum Foto geschrieben. Darunter hat Robin reagiert: Cheers!

Minutenlang betrachte ich das Foto. Endlich bekommt das Bild etwas Vertrautes, als wäre ich selbst auf der Party gewesen. Ich klicke Loulous Namen an, um zu sehen, ob sie noch mehr Fotos davon gepostet hat.

Mein Blick scannt ihr Profil. Es fühlt sich doch etwas seltsam an, das so heimlich mitten in der Nacht zu tun. Loulou hat am Samstag nichts weiter gepostet. Ich scrolle weiter runter. Ich sehe Fotos von unserem Wintersport-Urlaub, das Weihnachtsessen in der Schule. Ich gehe noch weiter runter, bis in den August. Genauer gesagt, zum 22. August.

> Fertig mit Hockey. F*cking schweres Training, jetzt nach Hause und mein Abendessen in der Mikrowelle aufwärmen. Life sucks sometimes ...
>
> *22. August 2020*

Am Abend von Florines Tod hat Loulou also Hockey gespielt. Nichts Besonderes. Hatte ich denn etwas anderes erwartet? Ein wenig ratlos will ich Loulous Profil verlassen, aber dann fällt mein Blick auf ihre Abonnenten. 928. Ich habe nur 109. Wie kommt Loulou an so viele?

Neugierig klicke ich die Zahl an. Profilfotos füllen den Bildschirm. Jungen, Mädchen, lange und kurze Haare, Locken, glatt. Manche kenne ich, die meisten nicht. Als hätte Loulou noch ein anderes Leben, eines, von dem ich nichts weiß.

Und dann zieht ein Foto vorbei, das nicht hätte dabei sein dürfen. Es ist so bizarr und unwirklich, dass ich allmählich an mir selbst zweifele. Mit zitternden Fingern scrolle ich zurück. Wo hatte ich dieses nur Foto gesehen? War es vielleicht –

Plötzlich lacht mir Florine entgegen. Ich weiß nicht, wie lange ich auf dieses Foto starre, ein paar Sekunden oder eine Minute. Es ist, als würde die Zeit stillstehen. Ich atme ein paarmal tief ein und beschwöre mich, nicht in Panik zu geraten. Dass es bestimmt eine logische Erklärung dafür gibt, warum Loulou Florine auf Instagram folgt. Auch wenn mir dazu nichts einfällt.

Ich klicke Florines Foto an. Ich schaue mir ihr Instagram-Profil an und schlage eine Hand vor meinen Mund: Es sieht aus wie ein Kondolenzbuch.

R. I. P., hat ein Mädchen gepostet. Wir werden dich vermissen!, schreibt eine andere. Warum du?, hat ein Junge hinterlassen. Wir haben eine Schweigeminute eingelegt in der Strategisches-Management-Vorlesung. Aus Respekt. Die Posts gehen endlos so weiter, mein Kopf schwirrt, Hunderte Fotos von Florine starren mich an, und mir wird schlecht.

Aber viel schlauer geworden bin ich auch nicht.

TAG: -4

ZEIT: 08:17 Uhr

Meine Augen sind dick und schwer vor Schlafmangel. Wie ein Zombie stehe ich in der Tür zum Klassenraum. Ich höre Loulous Lachen; Robins hohe Stimme ruft etwas zurück. Es fühlt sich an, als stünde ich auf der Schwelle zu einer Arena und würde gleich den Löwen vorgeworfen. Ich hole tief Luft und gehe hinein.

»Tssss!«, ruft Loulou, sobald sie mich entdeckt. »Du siehst richtig schlecht aus. Bist du immer noch krank?«

»Ein bisschen«, murmele ich, während ich zu meinem Tisch neben Madelief gehe. Ich weiche ihrem Blick aus.

»Du hast echt was verpasst am Samstag«, sagt Loulou. »Wir hatten so viel Spaß!«

»Ja«, sage ich, denn irgendwas muss ich ja sagen.

Robin schüttelt sich. »Bist du wirklich noch krank? Igitt, bitte atme nicht in meine Richtung aus!«

»Was für ein *Bullshit*«, sagt Loulou spöttisch. »Du hast deine Zunge am Samstag doch auch in Sanders Mund gesteckt. Als wäre der so *clean.*« Sie dreht sich zu mir um. »Robin hat auf Madeliefs Party mit Sander rumgeknutscht. Du weißt schon, dieser komische Typ aus der Parallelklasse.«

»Oh, wirklich?« Es klingt gespielt.

»Boah, Loulou, du mit deinen blöden Geschichten«, sagt

Robin. »Ich hab Sander überhaupt nicht geküsst, wir haben nur geredet! Madelief, sag doch auch was. Hab ich mit Sander rumgeknutscht oder nicht?«

»Ich … ich glaube nicht«, sagt Madelief leise.

Ich schaue sie an. Jetzt erst fällt mir auf, wie blass und müde sie aussieht. Ich will fragen, ob etwas ist, aber ich fürchte, dass sie dann wissen will, warum ich nicht auf ihrer Party war.

»Bin ich denn die Einzige, die gesehen hat, dass Robin und Sander geknutscht haben?«, ruft Loulou.

»Tut mir leid, Lou.« Robin grinst. »Vielleicht brauchst du ja eine Brille?«

»Guten Morgen.« Speerstra kommt rein.

Niemand aus der Klasse antwortet.

»Würdet ihr bitte die Bücher aufschlagen, Seite 153«, fährt er fort. »Die staatsrechtliche Rolle des Königshauses im Laufe der Jahrhunderte.«

»O Gott, wie todlangweilig«, stöhnt Robin. »Ich hasse Gesellschaftslehre.«

»Ich möchte, dass ihr Vierergruppen bildet und über dieses Thema debattiert«, sagt Speerstra. »Am Ende der Stunde führen wir eine offene Diskussion.«

Loulou und Robin schieben ihre Stühle zu Madelief und mir.

»Vielleicht können wir ja alle Könige und Königinnen nacheinander durchgehen?«, schlage ich vor.

»Und in vier Stunden immer noch nicht fertig sein? Ohne mich.« Loulou sieht mich kopfschüttelnd an, als hätte ich etwas ausgesprochen Dummes gesagt.

Während ich sie anstarre, brodelt Wut in mir auf. Sie sticht sogar durch meine Müdigkeit. Warum glaubt Loulou nur immer, dass sie über allem und jedem steht? Ich habe plötzlich große Lust, sie anzuschnauzen.

Blitzschnell treffe ich eine Entscheidung. »Woher kennst du Florine Dalhuizen?«

»Hä, wen?«

Irre ich mich, oder sehe ich Angst in Loulous Augen?

»Florine Dalhuizen«, wiederhole ich, und starre sie weiterhin an.

Aber sie kneift die Augen zusammen, wodurch ich nicht mehr erahnen kann, was vielleicht hinter ihrer Stirn vorgeht.

»Oh, Florine *Dalhuizen*«, sagt sie gelangweilt. »Wir haben in derselben Mannschaft Hockey gespielt.«

Die Erklärung ist fast enttäuschend logisch. Loulou und Florine haben im selben Team gespielt, deswegen ist sie Florine auf Instagram gefolgt.

»Aber wir hatten nicht viel miteinander zu tun«, redet Loulou weiter. »Ich habe im Januar aufgehört. Und sie ist … Na ja, du weißt ja wahrscheinlich, was mit Florine passiert ist.«

»Was denn?«, fragt Robin begierig. »Was ist denn mit dieser Florine passiert?«

Loulou schlägt die Augen nieder, als würde sie plötzlich von Trauer überwältigt. »Sie wurde ermordet … Irgendein Irrer hat sie erwürgt.«

»Was? Ein Mädchen aus deinem Hockeyteam wurde ermordet?«, ruft Robin. »Davon hast du uns ja nie etwas erzählt!«

Sehe ich da ein leichtes Zögern bei Loulou?

»Ich glaube doch«, sagt sie achselzuckend. »Aber vielleicht hast du es auch vergessen.«

»Hallo – ich bin doch nicht dement!«

Loulou zuckt noch einmal mit den Schultern, zum Zeichen, dass das Gespräch aus ihrer Sicht beendet ist.

Offenbar findet Robin es auch schon nicht mehr spannend, denn sie fragt: »Du hast doch bei Athena Hockey gespielt? Ich kenne einen Typen, der dort in der 1. Herrenmannschaft spielt. Thijmen. *I love him.*«

»Athena? Wie kommst du denn darauf?«, sagt Loulou. »Ich habe bei Pinoké im Amsterdamse Bos gespielt.«

In meinem Kopf nagt eine Stimme. Was stand da noch auf Loulous Profil? Dass sie am 22. August Hockeytraining gehabt hatte! Und Florine war im selben Team. Darum ist Florine am besagten Abend also durch den Wald gefahren! *Und Loulou auch.*

»Aber woher kennst *du* Florine Dalhuizen eigentlich?« Loulou sieht mich mit dem scharfen Blick eines Habichts an.

Es ist, als bekäme ich meine Frage wie einen Bumerang ins Gesicht. Wie dumm, dass ich von Florine angefangen habe! Die einzige Verbindung zwischen mir und Florine ist Dante. Und Loulou, Robin und Madelief dürfen nicht erfahren, dass ich ihn immer noch treffe! Wie rette ich mich bloß aus dieser Situation?

»Du hast doch nie Hockey gespielt.« Loulous Blick bohrt sich in meinen.

»Oh, ich kenne Florine auch nicht vom Hockey«, versuche ich so lässig wie möglich zu sagen.

»Aber woher dann?«

»Meine Damen, wie läuft es hier?« Speerstra taucht neben unserem Tischen auf. »Ich bin schon ganz gespannt auf eure Fortschritte. Erzählt mal.«

Gerettet … jedenfalls für den Augenblick. Unter dem Tisch wische ich meine feuchten Hände an meiner Jeans ab.

»Nun, meine Damen? Nur nicht so schüchtern. Wer traut sich?« Speerstra schaut uns fragend an.

»Ich.« Loulou lächelt. »Ich habe vorgeschlagen, alle Königinnen und Könige aufzulisten, um so ihre Rolle zu bestimmen.«

Mit offenem Mund sehe ich sie an. Das war meine Idee!

»Interessant.« Speerstra nickt. »Welche Kriterien vergleicht ihr?« Er nimmt einen Stuhl und setzt sich neben uns. »Der gesellschaftliche Kontext ist in dieser Analyse natürlich von wesentlichem Interesse.«

»Natürlich«, wiederholt Loulou ein wenig dümmlich.

Ich spüre, wie Robin ihr unter dem Tisch einen Tritt verpasst.

TAG: -4

ZEIT: 15:00 Uhr

Ich bin todmüde, als es nach der letzten Schulstunde endlich klingelt. Zum Glück hat Loulou nicht mehr von Florine angefangen.

»Wer kommt mit zu mir nach Hause, einen Film gucken?«, fragt Loulou im Fahrradschuppen. »Meine Eltern sind wieder mal auf und davon, also gibt es Popcorn und Chips *all you can eat.*«

»Ich!«, ruft Robin, während sie ihr Rad aufschließt.

»Und du?« Loulou sieht mich an. Sie hat wieder diesen seltsam scharfen Blick in den Augen.

Ich bin so erleichtert, dass ich sagen kann: »Tut mir leid, ich habe immer noch Hausarrest.«

»Ich gehe auch nach Hause«, sagt Madelief. »Sorry, ich bin ein bisschen müde.«

»Langweilerinnen.« Loulou steigt auf ihr Rad. »Komm, Robin, wir fahren.«

»Wir werden bei Popcorn und Chips an euch denken«, ruft Robin.

Madelief und ich schauen ihnen hinterher.

»Ich fahre jetzt«, sagt Madelief.

»Ich auch«, sage ich.

Wir schweigen. Sie will gar nicht, dass ich mit ihr fahre,

zuckt mir durch den Kopf. Ich schiebe den Gedanken so weit wie möglich weg.

»War deine Party schön?«, frage ich stattdessen, während wir die Straße hinunterfahren.

Madelief nickt.

»Waren viele Leute da?«

Sie zuckt mit den Schultern.

»Das Foto von euch auf Instagram war echt superschön.«

Wieder keine Antwort.

Durch Madeliefs Schweigen fühle ich mich immer unbehaglicher.

»Es tut mir so leid, dass ich nicht kommen konnte«, sage ich und suche nach etwas Freundlichem in ihrem Gesicht. Aber sie starrt auf die Straße.

»Ich habe die ganze Zeit im Bett gelegen, so krank war ich.«

Madeliefs Kopf schießt hoch, als würde sie mich jetzt zum ersten Mal hören.

»Wo warst du Samstagabend?«, fragt sie.

»W-was meinst du?« Die Frage kommt so unerwartet, dass ich fast die Gewalt über meinen Lenker verliere.

»Das weißt du ganz genau.« Ihre Stimme klingt ungewohnt rau.

»Ich war k-krank, das weißt du doch.«

Wir fahren schweigend weiter, während ich mir das Hirn zermartere, was Madelief wissen könnte. Hat mein Vater doch mit ihr gesprochen? Ist sie vielleicht anders dahintergekommen? Sie weiß nichts, versuche ich mich selbst zu beruhigen.

»Ich bin Samstagabend bei dir gewesen«, sagt sie leise.

»W-was?« Ich mache den Mund zu, aber das Wort ist schon raus.

»Gegen halb neun, kurz bevor meine Party anfing. Ich war so traurig, dass du krank warst und nicht kommen konntest.«

Madelief ist bei mir gewesen! Es fühlt sich an, als hätte sie mir einen Schlag in den Magen versetzt. Während ich dem Rest ihrer Geschichte zuhöre, wird mir speiübel.

»Ich hatte Orangen für dich gekauft. Und Bananen. Und eine *Vanity Fair* zum Lesen. Aber du warst nicht da.«

»I-ich habe geschlafen, weil … ich k-krank war.«

»Alles war dunkel, auch dein Zimmer«, redet Madelief tonlos weiter. »Und dein Rad war weg.«

»Das … das stand woanders.« Ich verstricke mich in meinem eigenen Lügennetz.

»Du lügst.«

»Tue ich nicht«, flüstere ich.

»Wo warst du, Danielle? Oder sollte ich lieber fragen: Bei wem?«

Erst höre ich das Geräusch. Dann sehe ich ihn. Von links fährt ein Scooter direkt auf mich zu! Meine Füße erstarren auf den Pedalen, und mein Gehirn blockiert. Dann übernimmt mein Instinkt.

Ich bremse.

Madelief schießt an mir vorbei.

»Nein!«, schreie ich in dem Moment, als der Scooter mit ihr zusammenprallt.

Wie eine Stoffpuppe fliegt sie durch die Luft. Alle Geräusche entschwinden, die Welt stockt und bleibt stehen. Es ist, als wäre ein Loch in die Zeit gerissen worden, durch das Madelief schwebt. Ihre Augen schauen mich an, ihr Mund bewegt sich, ohne etwas zu sagen. Und dann knallt sie auf den Boden. Die Welt beginnt sich wieder zu drehen, so schnell, dass mir ganz schwindelig wird. Ich falle vor ihr auf die Knie.

»Madelief!«

Ihre Augen sind geschlossen, und aus ihrer Nase strömt Blut.

Verzweifelt starre ich auf ihr weißes Gesicht.

»Bitte sag was!«

»Zur Seite, ich bin Arzt.« Ein Mann steht wie ein Riese über mir und gestikuliert. »Mädchen, gehst du bitte zur Seite, dann kann ich ihr helfen.«

Er muss es ein paarmal wiederholen, bis ich es verstehe.

Ich setze mich zu Madeliefs Füßen. Ihr fehlt ein Schuh. Ihre rosa Socke sieht aus wie ein Babyfuß. »Kann bitte jemand ihren anderen Schuh suchen?«, wimmere ich.

Der Mann fasst nach ihrem Handgelenk.

»Ist s-sie tot?« Ich höre ein Mädchen weinen und weiß, dass ich das sein muss.

Er weicht meinem Blick aus. »Nein«, sagt er schließlich. »Aber sie ist sehr schwer gestürzt. Ich habe den Unfall gesehen.«

Ich fange an zu zittern.

»Der Scooter, der sie angefahren hat, ist geflüchtet«, sagt er grimmig.

Eine Sirene, so nahe, dass ich erschrecke. Ich schaue auf. Überall stehen plötzlich Menschen. Sie schauen zu mir hinüber, schütteln den Kopf, flüstern.

Ein Sanitäter eilt auf mich zu und zieht mich hoch. »Hast du irgendwo Schmerzen?«

Ich schüttele den Kopf.

Zwei weitere Sanitäter rennen zu Madelief.

Sie bekommt einen weißen Plastikkragen um den Hals und wird auf eine Trage gelegt.

Es tut mir leid. Es tut mir so leid. Ich schicke die Botschaft durch die Luft zu ihr.

Ihre Augen öffnen sich, und sie stöhnt.

Ich reiße mich von dem Sanitäter los.

»He, ich bin noch nicht fertig«, höre ich ihn sagen.

»Madelief«, rufe ich. »Hier bin ich!«

Sie sieht mich an.

»Lasst mich durch.« Ich zwänge mich durch die Menschenmasse, die um ihre Trage herum entstanden ist. »Ich bin ihre Freundin.«

»Nicht mehr.« Sie flüstert es, aber in meinem Kopf klingt es, als würde sie schreien.

»Zucker?« Der Polizist, mit dem ich gerade gesprochen habe, reicht mir einen Plastikbecher mit Tee aus seiner Thermoskanne.

»N-nein.« Ich trinke einen kleinen Schluck und verbrenne mir den Mund.

»Geht's etwas besser?«, fragt er besorgt.

Ich nicke und fühle mich fast schuldig, dass ich seinen Namen schon wieder vergessen habe.

»Zwei Dinge. Ich habe deinen Vater angerufen, und er wird in wenigen Minuten hier sein.« Es ist einen Moment still. »Und ich hatte Kontakt mit dem Krankenhaus. Deine Freundin hat anscheinend einen Schutzengel gehabt. Wahrscheinlich kommt sie mit ein paar Prellungen und blauen Flecken davon.«

Deine Freundin. Es fühlt sich an, als würden seine Worte in eine dunkle Grube fallen, an der Stelle, an der einmal mein Herz war. Aber offenbar fasst der Polizist mein Schweigen als Erleichterung auf, denn er fährt fort. »Siehst du? Ich habe doch gesagt, dass alles wieder gut wird.« Er nimmt sein Notizbuch. »Lass uns noch einmal durchgehen, was du mir erzählt hast.

Ihr seid mit den Rädern aus Richtung Apollolaan gekommen, gegen drei Uhr. Auf Höhe der Kreuzung mit der De Lairessestraat kam von links ein Scooter. Du hast ihn gesehen und konntest rechtzeitig bremsen. Deine Freundin nicht.«

Ich nicke.

»Der Scooter hatte eine dunkle Farbe, Schwarz oder tiefes Dunkelgrau, mit einem gelben Kennzeichen. Die Marke ist unbekannt.« Der Polizist blättert durch sein Notizbuch, als hätte er viele Seiten vollgeschrieben. »Es gibt keine klare Beschreibung des Fahrers, und das Kennzeichen hast du dir nicht gemerkt. Kannst du dich an sonstige Einzelheiten erinnern? Einen auffälligen Lackschaden zum Beispiel? Oder ein kaputtes Bremslicht?«

»Nein«, sage ich nach langem Zögern. Irgendwas nagt an meinem Gedächtnis, aber ich weiß nicht was.

»Das ist nicht der erste Unfall auf dieser Kreuzung. Sie fahren hier wie die Verrückten. Es ist eine Frage der Zeit, wann es dort den ersten Verkehrstoten gibt.«

Ich schließe die Augen und sehe den Scooter wieder auf mich zu fahren. Er fuhr so schnell. So zielstrebig. Fast, als wüsste er genau, was er tut. Dieser Gedanke weht wie ein eisiger Wind durch meinen Kopf. Es überläuft mich kalt.

»Danielle.«

Mein Vater kommt von der gegenüberliegenden Seite der Straße und überquert sie mit großen Schritten. Ich war noch nie so erleichtert, ihn zu sehen.

»Ah, das muss dein Vater sein.« Der Polizist schlägt sein Notizbuch zu, als wäre seine Arbeit jetzt erledigt.

»Danielle«, sagt mein Vater beim Näherkommen. »Was ist denn passiert?«

»Ich … ich …« Meine Lippen fangen an zu zittern.

»Ihre Tochter war in einen Unfall mit einem Scooter verwickelt«, berichtet der Polizist hilfsbereit. »Ihr fehlt nichts, aber ihre Freundin hat es voll erwischt. Sie wurde ins Krankenhaus gebracht.«

»Ach du liebe Zeit, wer?«, fragt mein Vater. »Robin? Madelief? Loulou?«

»Madelief«, antworte ich kaum hörbar.

»Das Mädchen hat keine schweren Verletzungen davongetragen«, sagt der Polizist. »Sie hat großes Glück gehabt.«

Mein Vater sieht den Polizisten an, als würde er ihn jetzt zum ersten Mal sehen. »Stimmt, ja.« Er streckt die Hand aus. »Maarten Berends. Ich bin Ihnen sehr dankbar, dass Sie sich um meine Tochter gekümmert haben.«

»Johannes Huisman, Polizei Amsterdam Amstelland.« Der Polizist schüttelt die Hand meines Vaters.

»Und was passiert mit dem Fahrer des Scooters?«

»Der hat Fahrerflucht begangen. Das passiert leider häufiger.«

»Hm.« Mein Vater scheint mit der Antwort nicht sehr zufrieden zu sein. »Und was sind die nächsten Schritte?«

»Wir schicken Ihnen die Zeugenaussage zur Unterschrift zu. Und wenn wir den Fahrer finden, lassen wir Sie das selbstverständlich wissen«, sagt der Polizist unbeirrt freundlich. »Ich würde an Ihrer Stelle jetzt erst einmal nach Hause fahren. Schaffen Sie es, das Rad Ihrer Tochter mitzunehmen?«

»Ja, das passt in den Kofferraum.«

»Gut.« Er reicht meinem Vater eine Karte. »Darauf stehen meine Kontaktdaten. Sie können jederzeit anrufen oder mailen, wenn Sie noch Fragen haben. Ihre Daten habe ich von Ihrer Tochter bekommen. Ich wünsche Ihnen alles Gute!«

»Auf Wiedersehen.«

Wir schauen dem Polizisten hinterher. Mein Vater sagt nichts, sondern starrt nur in die Ferne.

»Es t-tut mir leid«, sage ich.

Er schaut mich an. Es dauert ein paar Sekunden, bevor er sagt: »Unsinn, das ist doch nicht deine Schuld.«

Ich will meinem Vater erzählen, dass Madelief und ich uns gestritten haben und sie deswegen den Scooter nicht hat kommen sehen. Aber mein Gehirn ist wie verknotet.

»Komm mal her.« Er will mich an sich ziehen.

»Nein!« Das Wort platzt aus mir heraus, bevor ich darüber nachdenken kann.

Mein Vater sieht mich erschrocken an. Plötzlich wirkt er furchtbar alt. Schuldgefühle schnüren mir den Hals zu, und ich starre zu Boden.

»Macht nichts, Danielle«, sagt er heiser, während er mir ungeschickt die Hand tätschelt.

TAG: 0

ZEIT: 23:11 Uhr

Ich ritze noch einmal. Und noch einmal. Immer wieder. In neue Hautstücke. Quer über alte Narben. Ich begrüße den Schmerz und lasse mich von ihm ausfüllen. Er schiebt den anderen Schmerz beiseite. Den Schmerz, der alles mit einer schwarzen Schicht überzieht. Den Schmerz tief in mir. Die Kratzer auf meiner Seele.

Das Messer zieht tiefe Streifen über die Innenseite meiner Handgelenke, berührt meine Nerven mit scharfer Präzision. Gleich werde ich mich hassen, wie ich aus Erfahrung weiß. Wie ein Junkie, der doch wieder dem nächsten Heroinschuss erlegen ist.

Aber jetzt bringt es Erleichterung. Ruhe. Ordnung ins Chaos. Es hat mich so oft durch die Finsternis gelotst. Lange Zeit war das Messer mein bester Freund. Bis eines Tages Der Schatten kam. Er fand mich, als der Abgrund in meinem Innersten so tief war, dass ich nichts anderes mehr tun konnte, als zu springen.

Erst hatte ich Angst vor ihm. Er bestand aus so viel Finsternis, dass es schien, als wäre alles Licht verschwunden. Aber als er zu sprechen begann, war alle Angst weg. Seine ruhige Stimme sagte mir, es gäbe auch Hoffnung und Liebe in meinem Leben. Es wäre nur alles so nah, dass ich es übersehen hätte. Der Schatten gab mir wieder eine Zukunft. Und ein Daseinsrecht.

Ich habe ihm viel zu verdanken. Vielleicht sogar alles. Aber das Opfer, das ich bringen muss, ist groß. Er ist Teil meines Körpers und meiner Seele geworden. Manchmal weiß ich nicht mehr, wo er aufhört und wo ich anfange.

Das Messer ruht. Ich schaue auf mein Handgelenk. Blut färbt meine Haut rot. Das ist die Farbe der Liebe. Die Farbe der Verbundenheit. Ich lasse meinen Arm auf ihren Bauch fallen. Wie ein Maler verteile ich mein Blut auf ihrer Haut. Meine DNA verschmilzt mit ihrer. Endlich sind wir eins geworden.

Jetzt kann ich sie gehen lassen.

TAG: -3

ZEIT: 07:32 Uhr

Ich habe einen Albtraum über Madelief. Sie liegt auf dem Asphalt und blutet aus Augen, Mund und Nasenlöchern. »Hilfe!«, rufe ich. »Sie stirbt!«

Robin und Loulou kommen hinzu. »Sie ist schon tot«, sagen sie. »Und das ist deine Schuld.«

»Nein!«, schreie ich. »Nein, das stimmt nicht. Ihr lügt!«

Ich höre jemanden lachen und drehe mich um. Es ist Dante! Auch sein Gesicht ist voller Blut. »Nicht schlimm, Danielle. Jeder muss mal sterben.«

Weinend werde ich wach. Ich versuche, den Traum unter der Dusche von mir zu spülen, aber es gelingt mir nicht. In einer halben Stunde fängt die erste Stunde an, und dann werde ich Loulou und Robin begegnen. Ich habe gestern versucht, sie anzurufen, ihnen eine WhatsApp geschickt, eine SMS, aber sie haben auf nichts reagiert. Ich habe ein furchtbar schlechtes Gefühl deswegen.

Und dieses Gefühl verschlimmert sich, als ich den Klassenraum betrete.

Loulou und Robin tuscheln miteinander und tun so, als würden sie mich nicht sehen.

»Hallo«, sage ich, während ich auf den Stuhl hinter ihnen

rutsche und versuche, nicht zu Madeliefs leerem Tisch zu schauen.

»Hallo«, sagt Robin, aber es klingt kühl.

Loulou ignoriert mich. Meine Hände und mein Nacken fangen an zu kribbeln. Da stimmt was nicht.

»Madelief hat mir gerade geschrieben«, sagt Loulou. »Sie darf gleich nach Hause.«

»O Gott, das sind wirklich supergute Nachrichten«, ruft Robin.

»Ja«, sage ich.

Keine der beiden reagiert auf mich.

»Sollen wir nachher zu ihr gehen?«, schlägt Loulou vor. »Wir könnten nach der Schule bei ihr vorbeifahren.«

»Jaaaaa«, sagt Robin. »Was für eine gute Idee!«

»Ich … ich kann nicht mit, ich habe immer noch Hausarrest«, sage ich, weil ich das Gefühl habe, etwas sagen zu müssen.

Stille tritt ein.

»Ich sagte wir, nicht du«, antwortet Loulou dann eiskalt. »Glaubst du wirklich, Madelief hätte Lust, dich zu sehen?«

Ich krümme mich zusammen. »W-wie meinst du das?«

»Oh, wir tun jetzt plötzlich so, als wüssten wir von nichts? Nein, sorry, darauf falle ich nicht rein.« Sie sieht mich kopfschüttelnd an. »Madelief hat uns gestern Abend angerufen.«

Ich krümme mich noch mehr.

Loulou verschränkt die Arme. »Sie hat uns erzählt, dass du am Samstag gar nicht krank warst.«

Robin schnaubt verächtlich. »Was dachtest du denn? Das kriegen sie eh nie raus? So blöd sind wir nun auch wieder nicht.«

»Madelief wusste nur nicht, warum du gelogen hattest.«

Loulous Augen sprühen Funken. »Zum Glück warst du gestern dumm genug, von Florine anzufangen. Ich habe mich ein wenig umgehört bei den Mädchen aus meiner Mannschaft, die mehr Kontakt mit ihr hatten. Und rate mal, was ich herausgefunden habe?«

Ich kriege keine Luft mehr. Ich sitze nur da und starre Loulou und Robin an.

»Dante war Florines Freund!«, ruft Loulou triumphierend aus. »Und weißt du, was das bedeutet?« Sie wartet ein paar Sekunden, bevor sie fortfährt. »Das bedeutet, dass du Dante nach dem Wintersporturlaub wiedergesehen hast. Habe ich recht?«

Ich höre mein Herz in meinen Ohren wummern. *Schuldig, schuldig, schuldig.*

»Na, was ist, könntest du zur Abwechslung auch mal antworten? Hast du Dante nach dem Urlaub noch mal gesehen?«

»Ja.« Meine Stimme kommt von weit weg.

»Und warst du am Samstag bei ihm?«

»J-ja.«

»Tssss, unfassbar«, zischt Robin.

»Ich wollte es euch ja erzählen. Wirklich.« Es klingt unecht. »Aber ich hatte so große Angst, dass ihr es nicht verstehen würdet.«

»Ja, klar«, höhnt Loulou, »und das soll ich glauben? Ernsthaft? Du hast Madelief einfach eiskalt für einen Typen sitzen lassen. Und uns damit auch.«

Sie hasst mich, ich sehe es in ihrem Gesicht.

»E-es tut mir leid … wirklich.« Ich bringe nicht mehr raus als ein unverständliches Gemurmel.

»Hast du was gehört?«, fragt Loulou Robin.

Robin wirft die Haare zurück und tut so, als würde sie lauschen. »Nein, ich höre nichts. Oder doch? Irgendein nerviges Summen.«

Sie drehen sich um und ignorieren mich komplett. Ich starre ihre Rücken an, die zu sagen scheinen: Mit dir wollen wir nichts mehr zu tun haben. Nie mehr.

Ich bin so durcheinander, dass die Tränen durch meine Lider drängen. Ich versuche sie wegzublinzeln, aber es klappt nicht.

»Sie heult«, höre ich Loulou ein klein wenig zu laut sagen.

»Geschieht ihr recht«, antwortet Robin. »Blöde Nuss.«

TAG: 0

ZEIT: 18:03 Uhr

»Wann fährt dein Zug noch mal ab?«

»Um sechs Minuten vor acht.« Das ist das dritte Mal, dass mein Vater danach fragt.

»Und wann bist du dann in Vught? Neun Uhr?«

»Sechzehn Minuten nach neun.« Ich habe alle Zeiten auf die Minute genau überprüft, damit mein Vater nicht argwöhnisch wird.

»Kannst du nicht einen Zug früher nehmen? Ich finde, Viertel nach neun ist schon ein bisschen arg spät.«

»Mama holt mich vom Bahnhof ab.«

»Also gut.« Er seufzt. »Vergisst du auch nicht, in Den Bosch umzusteigen?«

»Pa-pa!«

»Kleiner Scherz«, sagt er, aber er kann selbst nicht darüber lachen.

»Haha«, antworte ich flach.

»Okay, dann fahre ich jetzt.«

»Viel Spaß in Maastricht.«

»Danke.« Er nimmt seine Reisetasche vom Boden. »Oder wäre es dir lieber, wenn ich zu Hause bleibe? Du bist die ganze Woche schon so … düster gestimmt.«

»Ach, es ist nichts«, sage ich möglichst munter. »Ich habe nur einfach ein bisschen viel zu tun.«

Allein schon damit, mich jeden Abend in den Schlaf zu weinen.

»Hm. Und wie geht es Madelief jetzt?«

»Gut. Montag darf sie wieder in die Schule.« Das ist nicht gelogen, aber ich habe es von ein paar Leuten aus meiner Klasse gehört, die noch mit mir reden.

»Schön. Sehr schön.« Er versucht zu lächeln, aber ohne Erfolg. »Also, dann gehe ich mal. Oh ja, bevor ich es vergesse: Die Türklingel ist kaputt.«

»Okay.«

Er nickt. »Bis Sonntag.«

Ich warte, bis ich die Haustür zufallen höre, und setze mich dann an den Küchentisch. Auf dem iPad öffne ich Instagram und checke als Erstes, ob ich eine Nachricht von Dante bekommen habe. Nichts. Unser letzter Kontakt war gestern, als er mir schrieb, ob es bei Samstag bleibt. JAAA!, habe ich geantwortet. Danach habe ich nichts mehr von ihm gehört. Was, wenn er mich auch nicht mehr sehen will?!

Mein Finger wischt über das Display. Posts huschen vorbei. Es ist Freitagabend. Alle machen was. Alle haben Spaß.

Es ist, als gehöre ich nicht mehr zu dieser Welt. Tränen steigen mir in die Augen, und ich wische sie mit der Handfläche weg. Ich fotografiere den leeren Küchentisch und tippe ohne nachzudenken: Schön chillen heute Abend! #Homealone.

Enter.

Meine Nachricht steht oben auf der Seite. Ich warte. Niemand findet meinen Bericht gut oder postet eine Bemerkung. Neue Nachrichten tauchen über meiner auf. Ich verschwinde sogar vom Schirm, als gäbe es mich nicht mehr. Langsam schlurfe ich zum Sofa und mache den Fernseher an.

»Was für ein Talent«, sagt Martijn Krabbé. »Wenn Sie auch der Meinung sind, dass Katie in *The Voice* bleiben muss, rufen Sie die 0800–7798 an oder schicken Sie eine SMS mit ihrem Namen an 5532.«

Zusammengekauert auf dem Sofa sehe ich, wie Katie die Bühne verlässt und dem Publikum noch einmal zuwinkt. Es sieht fast so aus, als würde sie …

Ein dumpfes Dröhnen. Von oben. Ich richte mich kerzengerade auf und stelle den Fernseher auf stumm. Was war das? Wie erstarrt lausche ich. Ein Poltern irgendwo auf dem Treppenabsatz.

Mühsam schlucke ich ein paarmal. Ob da was umgefallen ist?

Knarzen und dann wieder ein Rumsen.

Angst breitet sich in meinem ganzen Körper aus. Ist da oben jemand?

Mein erster Gedanke ist: Ruf die 112 an! Ich schnappe mir mein Handy von der Couch. Meine Finger schweben über den Tasten. Plötzlich herrscht Totenstille.

Im Fernseher reden Martijn und Wendy tonlos weiter. »Du kannst dich vielleicht anstellen«, scheinen sie zu sagen, »hast du Angst, so allein daheim ohne Papi? Wie alt bist du? Vier?«

Ich drücke auf den roten Knopf der Fernbedienung, und der Bildschirm wird schwarz.

Aber das beklemmende Gefühl verschwindet nicht. Das Haus wirkt plötzlich sehr groß und drohend. Hölzern stehe ich auf. Vielleicht sollte ich mal eine Runde durch alle Zimmer drehen. Einfach um zu sehen, dass ich ganz allein bin.

Zögernd gehe ich zur Treppe, in einer Hand das Handy.

Mit der anderen schalte ich alle Lichter ein, an denen ich vorbeikomme. Das Wohnzimmer verwandelt sich in ein Sonnenstudio.

»H-hallo?«, rufe ich unten an der Treppe. »Hallo? Ist d-da jemand?«

Keine Antwort.

Mein Herz klopft bis zum Hals, während ich hochgehe. Es ist nichts, rede ich mir gut zu. Oben an der Treppe bleibe ich kurz stehen. Ich höre Geräusche von draußen: den Wind, Regentropfen auf dem Dach, ein vorbeifahrendes Auto. Es hat etwas Beruhigendes.

Als Erstes gehe ich in das Schlafzimmer meines Vaters. Meine Beine sind weich wie Gummi.

»Ich komme jetzt rein«, sage ich und reiße die Zimmertür auf. Drinnen ist es so dunkel, dass ich nichts erkennen kann.

Tastend suche ich nach dem Lichtschalter. Das Dunkel verschwindet, und ein unglaubliches Chaos wird sichtbar. Die Bettdecke ist ein einziger verknitterter Haufen am Fußende, und überall liegen Klamotten auf dem Boden. Wenn das mein Zimmer wäre, hätte mich mein Vater zum Aufräumen verdonnert. Aber offensichtlich gelten solche Regeln nicht mehr, wenn man älter ist.

Leise ziehe ich seine Schlafzimmertür zu. Ich fühle mich schon etwas sicherer. Noch ein Zimmer: meins! Ich gehe an den Sachen auf dem Treppenabsatz vorbei: ein Stuhl, Bücher, die Golftasche meines Vaters. Ich stehe vor meiner Zimmertür, die Klinke in der Hand, als ich es höre.

Bäng!

Irgendwas knallt gegen meine Zimmerwand.

Völlig überrumpelt starre ich auf die Tür. O mein Gott, was soll ich nur machen?

»Schau nach!«, sagt eine Stimme in meinem Kopf, die viel tapferer ist als ich. »Jetzt!«

Ich umklammere mein Handy, als wäre es eine Rettungsboje, und drücke meine Zimmertür einen Spaltbreit auf. Ein schwarzer Schatten schießt am Fenster entlang.

Ich spüre, wie sich meine Beine in Betonblöcke verwandeln, wie meine Arme am Körper herabfallen. Ich will flüchten, aber ich weiß nicht mehr wie.

Der Schatten kommt noch ein weiteres Mal vorbei.

Mein Instinkt übernimmt die Regie. Mein Daumen drückt die 112, und meine andere Hand schlägt gleichzeitig auf den Lichtschalter.

»Ich rufe die Polizei!«, kreische ich.

»112 Notrufzentrale. Wen möchten Sie sprechen? Polizei, Feuerwehr oder Krankenwagen?«, höre ich eine Frauenstimme am anderen Ende sagen.

Ein aufbauschender Vorhang. Das Fenster, das im heftigen Wind hin- und herschwenkt. Der Knall, den es verursacht hat, als es an meine Wand knallte.

»Polizei, Feuerwehr oder Krankenwagen?«, wiederholt die Frauenstimme.

Mein Fenster. Es war einfach mein Fenster, das offen stand! Mein Gehirn hat Mühe, das zu begreifen.

»Hallo?«, höre ich die Stimme der Frau. »Sind Sie noch dran?«

»Entschuldigung, falsch verbunden«, sage ich heiser.

Ich lege auf und fange vor lauter Erleichterung an zu kichern.

TAG: 0

ZEIT: 21:15 Uhr

Eine Werbung für Antischuppenshampoo unterbricht *The Voice*. Ich stelle den Fernseher etwas leiser und schaue auf die Uhr. Viertel nach neun. In meinem Kopf klingelt ein Alarmglöckchen. Was war doch gleich um Viertel nach neun? Plötzlich weiß ich es wieder – mein Zug sollte dann in Vught ankommen! Vielleicht sollte ich meinem Vater eine SMS schicken, dass alles gut geklappt hat. Je länger ich darüber nachdenke, desto cleverer finde ich meine Idee.

Bin am Bahnhof Vught. X

Innerhalb weniger Sekunden bekomme ich eine Nachricht zurück:

Fein! Viel Spaß XXX Papa.

Scheinbar hatte er auf eine Nachricht gewartet. Was hätte er getan, wenn ich mich nicht gemeldet hätte? Mama angerufen? Bei der Vorstellung überläuft es mich eiskalt.

Ziellos starre ich vor mich hin. Der Abend ist noch so lang. Was könnte ich denn machen? Mein Blick fällt auf einen Bücherstapel auf dem Beistelltisch am Fernseher. Das müssen die Bücher sein, die Stan für mein Referat hinterlassen hat.

Weil ich sowieso nichts anderes zu tun habe, nehme ich das oberste Buch vom Stapel: *Europäische Unternehmen nach dem Brexit.* Ich blättere von hinten nach vorne durch. Wie kann man bloß Betriebswirtschaft studieren? Das ist ja so was von öde!

Die letzte Seite flutscht mir durch die Finger. Ich starre auf den Stempel der Fachbibliothek Wirtschaftswissenschaften vorne im Buch. Darunter ist eine Liste mit Namen und Ausleihzeiten. Ganz schön altmodisch, denke ich. Wahrscheinlich haben sie dort …

Plötzlich stockt mir der Atem. Ich starre auf die Namen, die in den dafür vorgesehenen Kästchen notiert wurden. In der untersten Zeile steht Stans Name. Und ein paar Kästchen darüber steht … Florine Dalhuizen!

Meine Hände fangen an zu zittern. Das kann doch nicht wahr sein!

Aber der Name steht da.

Die Buchstaben brennen sich in meine Netzhaut, flehen um Erklärung. Mir fällt nur eine einzige ein: Florine studierte auch Betriebswirtschaft, wie Stan. Und die Wahrscheinlichkeit, dass sie sich kannten, ist groß!

Oh Himmel! Was bedeutet das? Was –

Ein Geräusch im Flur.

Ich bin so verwirrt, dass es ein paar Sekunden dauert, bevor ich das Geräusch einsortieren kann: Es klopft an der Haustür.

Reglos bleibe ich sitzen in der Hoffnung, dass derjenige, der da geklopft hat, von selbst wieder geht.

Noch ein Klopfen, jetzt etwas fester.

»Ja«, rufe ich heiser. »Ich komme.«

Ich stehe auf und schlucke die Angst hinunter, die mir den Hals zuschnürt.

»Hallo?«, rufe ich, als ich an der Haustür bin. Ich schaue durch das Oberlicht, sehe aber niemanden.

»Hallo?«, rufe ich noch einmal.

»Sammlung für die Krebsstiftung«, höre ich eine Stimme, fast unverständlich durch Wind und Regen.

Shit, meine Mutter spendet der Krebsstiftung jedes Jahr Geld. Was soll ich machen? In Gedanken höre ich die Stimme meiner Mutter: Du lässt einen Spendensammler doch wohl nicht vor geschlossener Haustür stehen?«

»Moment, ich mache auf.« Widerwillig öffne ich das doppelt gesicherte Türschloss. »Mein Vater ist nicht da, also kommen Sie vielleicht besser zu einem anderen Zeitpunkt wieder?«, sage ich, während ich die Klinke runterdrücke.

Die Tür fliegt mir aus den Händen, und ein Schemen springt auf mich zu. Ich pralle auf den Boden. Ein scharfer, stechender Schmerz schießt durch meinen Ellenbogen, und im Mund schmecke ich Blut. In einem Reflex versuche ich zu flüchten, auf Händen und Füßen, aber ich werde bäuchlings zu Boden gedrückt.

Heißer Atem an meiner Wange. Ein schweres Gewicht auf meinem Rücken, ich kriege kaum Luft. Ich versuche mich freizukämpfen, krümme und winde mich, trete mit den Beinen. Aber ich habe keine Chance.

»Hilfe«, schreie ich. »Hi…«

Eine Hand auf meinem Mund, die andere zieht an meinen Haaren. Mein Kopf wird nach hinten gezerrt und auf den Boden geschlagen. Schmerz! Er erfüllt mich, bis ich mich fast übergeben muss.

Noch einmal wird mein Kopf hochgezogen. Und noch einmal knallt mein Kopf auf den Boden. Das Geräusch von splitterndem Holz. Oder ist das mein Schädel?

Jemand schaut mich an, aber ich kann nicht sehen, wer es ist. Alles ist so verschwommen, so grau. Das Licht zittert und zerbricht in kleine Stücke. Aus den Augenwinkeln sehe ich, wie das Dunkel auf mich zukriecht. Irgendwie bin ich froh, dass es vorbei ist.

TAG: 0

ZEIT: 21:59 Uhr

Von ganz weit weg kommt ein Geräusch. Lass mich schlafen, denke ich. Aber das Geräusch hat kein Mitleid mit mir. Es dringt in meine Ohren, wird lauter und lauter, hämmert gegen meinen Schädel. Bohrende Kopfschmerzen setzen ein und verursachen mir Übelkeit.

Ich öffne die Augen. Finsternis. Es ist mitten in der Nacht, ist mein erster Gedanke. Aber schon nach wenigen Sekunden weiß ich, dass das nicht stimmt. In diesem Schwarz gibt es keine Abstufungen. Ich sehe keinen Streifen von den Straßenlaternen oder dem Mond durch meine Vorhänge. Keinen zartgelben Schimmer unter meiner Tür. Diese Finsternis ist schwärzer als die Nacht. Unnatürlich schwarz.

Wütend blinzle ich , als könnte ich das Schwarze damit zum Verschwinden bringen. Meine Wimpern scheuern an etwas entlang. Es liegt etwas auf meinem Gesicht. Aber was? Die Kopfschmerzen werden schlimmer, nagen an jedem Nerv. Da stimmt was nicht.

Ich strecke mich in einem Versuch, diesen Albtraum zu verjagen. Weit komme ich nicht. Etwas hindert meine Arme und Beine daran. Panik steigt auf.

Ruhig, Danielle. Du liegst einfach im Bett. Meine Finger befühlen den Stoff unter mir. Weich und leicht verschlissen, wie meine Bettdecke. Ich atme tief ein. Der vertraute Geruch meines Zimmers. Aber das beruhigt mich nicht.

Ich strecke mich noch einmal. Wieder das einschneidende Band um meine Handgelenke und Fußknöchel. Ganz langsam wird mir bewusst, dass ich gefesselt bin und meine Augen verbunden sind. Angst legt sich wie eine kalte Decke auf mich.

»Nein!«, schreie ich.

In meinem Kopf sehe ich ruckelnde Bilder. Die Haustür. Ein Schemen. Der Boden im Flur. Ich schließe die Augen, doch die Erinnerungen kommen immer wieder.

Die Angst ist jetzt so groß, dass ich mich fast übergeben muss. »H-hilfe. H-hilf mir, bitte.«

Meine Muskeln zittern, vor Angst oder Kälte, oder beidem. Plötzlich wird mir bewusst, dass ich fast nichts anhabe. Nur einen Slip, ein Hemdchen und einen BH.

Tick. Ein Geräusch durchbricht meine Angst. Ich hebe den Kopf. »I-ist da jemand? H-hallo?«

Nur Stille.

»H-hallo?«

Tick. Wieder dieses Geräusch.

»W-er ist da? S-sag etwas, b-bitte.«

Als Antwort höre ich jemanden atmen.

TAG: 0

ZEIT: 23:16 Uhr

Es wird Zeit, Abschied zu nehmen. Ich hatte erwartet, dass mich dieser Moment euphorisch machen würde, aber ich fühle mich leer. Müde. Sogar Der Schatten lässt sich nicht blicken. Ich sehne mich danach, nach Hause zu gehen, um mich in einen tiefen, traumlosen Schlaf fallen zu lassen. Aber erst muss ich das hier zu Ende bringen.

In ein paar Minuten ist es für Danielle vorbei. Und für mich beginnt das Leben wieder.

TAG: 0

ZEIT: 23:00 Uhr

Wie lange liege ich schon hier? Eine Stunde? Ein paar? Die Finsternis hat mir jegliches Zeitgefühl geraubt. Jedes Mal, wenn seine Schritte näherkommen, fürchte ich das Schlimmste.

Wäre ich nur nicht so dumm gewesen, die Tür zu öffnen …

Die Dinge, die er mit mir getan hat, sind so schrecklich, dass ich ganz sicher bin, dass er nicht vorhat, mich gehen zu lassen. Ich habe mich in einer kleinen Ecke in meinem Kopf versteckt. Einem Eckchen, in das er nicht reinkommt. Meine Eltern sind auch dort. Und Madelief. Mein Verhalten tut mir so schrecklich leid. Das erzähle ich ihnen immer und immer wieder.

Es tut mir leid, dass ich immer so rummotze.

Es tut mir leid, dass ich euch belogen habe.

Es tut mir leid, dass ich euch nie gesagt habe, wie sehr ich euch liebe.

Aber sie antworten nicht. Ich habe so große Angst, dass ich sie nie mehr wiedersehen werde. Diese Angst ist vielleicht noch schlimmer als die Finsternis.

Manchmal glaube ich zu wissen, wer er ist. Die Art, wie er mich anfasst, fühlt sich so vertraut an. Und dann auch wieder nicht. Es ist wie eine Seifenblase, die jedes Mal platzt, wenn ich nach ihr greifen will.

Eine Stimme in meinem Hinterkopf zischte, es wäre Stan. Ich habe seinen Namen gerufen. Ihn angefleht, etwas zu sagen. Aber meine Stimme klang zu unsicher, um ihn zu überzeugen. Oder um mich selbst zu überzeugen.

Noch ein anderer Name spukte durch meine Gedanken. Aber den wagte ich nicht laut auszusprechen aus Angst, er könnte wahr sein.

TAG: 0

ZEIT: 23:18 Uhr

Ich nehme die durchsichtige Plastiktüte und die Rolle mit Tape. Zwei Stücke Tape reiße ich ab: ein langes für ihren Hals, um die Tüte luftdicht abzuschließen. Ein kurzes für ihren Mund, damit ich ihrem Todeskampf nicht zuhören muss. Ich habe das so oft geübt, dass ich es fast ohne Hinsehen kann. Die Plastiktüte rolle ich auf wie eine Strumpfhose vor dem Überstreifen.

Was kann jetzt noch schiefgehen?

Nichts.

Gemeinsam mit Dem Schatten gehe ich auf sie zu. In einer fließenden Bewegung streifen wir ihr die Plastiktüte über den Kopf. Es hat fast etwas Liebevolles.

TAG: 0

ZEIT: 23:19 Uhr

Ich ersticke! Von einer Sekunde auf die andere bekomme ich keine Luft mehr! Ich ringe nach Atem. Plastik auf meinen Wangen, an meiner Nase, in meinem Mund. Es flattert an meinen Zähnen wie das Segel bei einem Boot. Mein Herz rast in blinder Panik in meiner Brust. Was passiert hier?

Er hat dir eine Plastiktüte über den Kopf gezogen!

Diese Gewissheit presst die letzten Luftreserven aus meiner Lunge. Ich sterbe! Ich sterbe wirklich!

Tu was. In wenigen Minuten bist du tot. Das ist deine letzte Chance.

Ich zerre mit Armen und Beinen an den Seilen. »Hilfe!«, schreie ich. »Hi…« Eine Hand unter dem Plastik. Etwas Klebriges auf meinem Mund.

Ich sperre meine Nasenlöcher weit auf, versuche, Luft zu bekommen, aber es geht nicht.

Seine Hände ordnen die Tüte um meinen Hals neu, falten das Plastik doppelt, als würden sie ein Geschenk einpacken. Dann wird etwas straff um meinen Hals gewickelt.

Warme, feuchte Luft in meiner Nase. Was ich ausatme, atme ich auch wieder ein. Mein Körper fängt an zu zucken.

Ich denke an meinen Vater. Sonntagabend kommt er nach Hause und wird meinen Leichnam in meinem Zimmer finden.

Ich hoffe, dass er nicht böse wird auf mich. Ich habe alles kaputt gemacht.

In einem letzten Versuch, Luft zu finden, stülpt sich meine Lunge um. Es tut irrsinnig weh. Ich halte mich an dem Gedanken fest, dass es jetzt bald vorbei sein wird.

Seine Finger auf meinem Arm. Sind sie das Letzte, was ich jemals spüren werde?

Der Schmerz bekommt eine Farbe und zerplatzt in Tausende von Stücken. Und dann sehe ich ein Gesicht vor mir. Dante. Er sieht mich an, so unglaublich traurig, dass ich nur Mitleid mit ihm empfinde.

Endlich traue ich mich, seinen Namen laut zu sagen. Aber da ist keiner mehr, der es hört.Schrift;

TAG: 0

ZEIT: 23:20 Uhr

Ihr Körper zuckt und zittert, als stünde sie unter Strom. Es ist der letzte Kampf ihrer Muskeln um Sauerstoff. Ich registriere alles, objektiv und distanziert, als würde ich ein Praktikum machen. Ich schätze, dass ihr Todeskampf höchstens noch eine halbe Minute dauern wird. Durch die Panik wird ihr Sauerstoffverbrauch höher liegen. Das ist ein schöner, schmerzloser Tod, sage ich zu mir selbst. Sie wird langsam in einen tiefen Schlaf hinübergleiten.

Ich nehme ihren Arm. Mein Daumen streichelt die Innenseite ihres Handgelenks. Psst, denke ich, gleich ist es vorbei. Ich lasse meinen Daumen auf dem durchscheinenden Blau ihrer Ader ruhen. Ihr Puls ist so schwach, dass ich ihn kaum spüren kann.

Irgendwo höre ich ein Telefon klingeln. Wahrscheinlich ihr Handy. Das sind Geräusche aus einer Welt, zu der sie fast nicht mehr gehört. Das Klingeln hört auf. Die Welt hat sie losgelassen.

Aber ich halte sie fest. Ich will ihren allerletzten Herzschlag spüren. Ich will sehen, wie ihre Seele ihren Körper verlässt.

TAG: 0

ZEIT: 23:21 Uhr

Mein Körper ist verschwunden. Und meine Angst auch. Ich schwebe durch den Raum und nehme Abschied von allem, was ich mal war. Und von allem, was ich nie sein werde. Ich finde es nicht schlimm. Ich bin bereit, diese Welt zu verlassen.

Schemen fassen nach meiner Hand, versuchen, mich weiter in die Finsternis zu ziehen. Nur noch kurz, denke ich, nur noch kurz, dann gehe ich mit euch.

Die letzten Erinnerungen entfallen mir. Damals, als ich mit Papa und Mama in Italien war. Berge, Sonnenlicht, Liebe. Die Stimme meiner Mutter, zu weit entfernt, um sie gut hören zu können.

Es wird immer stiller in mir.

Ich würde so gern noch einmal die Sonne sehen.

Aber das geht nicht.

Ich nicke und lasse mich los.

TAG: 0

ZEIT: 23:22 Uhr

Sie ist weg. Ich kann keinen Puls mehr finden. Oder doch? Mit geschlossenen Augen taste ich ihre Ader ab. Ganz weit entfernt spüre ich noch ein Zittern. Ein letztes Zucken ihres Herzens. Und dann ist es still.

Ich spüre, wie sich Der Schatten zurückzieht. Es ist endlich vorbei.

Ich falte ihre Hände auf ihrer Brust. Lebwohl, denke ich. Irgendwie bin ich neidisch auf die Ruhe, die sie gefunden hat. Ich betrachte ihren Körper noch ein paar Sekundenlang. Ich werde ihn waschen müssen, um alle Spuren zu beseitigen. Eine höchst unangenehme Aufgabe, aber unbedingt notwendig.

Ich bin in Gedanken versunken, und erst als es zu spät ist, merke ich, dass jemand hinter mir steht.

»Du verdammtes Stück Dreck!«, höre ich sie sagen.

Wie ...? Ich kann den Gedanken nicht zu Ende denken. Der Boden kommt blitzschnell näher, und vor meinen Augen wird alles schwarz.

TAG: 0

ZEIT: 23:24 Uhr

»Atme! Bitte atme!«

Eine Stimme nervt in meinem Kopf. Geh weg, denke ich und lasse mich noch ein wenig in der Finsternis treiben.

»Bitte, bitte, bitte!«

Die Stimme hat mich wiedergefunden, sie nervt jetzt noch mehr und noch lauter. Ich verstecke mich im dunkelsten Winkel im Schwarz.

»Du darfst nicht sterben!«

Oh doch, denke ich. Ein Blitz. Ein kleiner Streifen Grau im Schwarz. Was passiert da?

»Danielle, bitte!«

Und dann sehe ich ein Gesicht. Von einem Mädchen. Sie starrt mich an, die Augen voller Panik und Tränen.

Ich kenne sie, aber ich habe ihren Namen vergessen.

»Lass mich nicht allein!« Sie weint.

Madelief! Plötzlich weiß ich es wieder. Plötzlich weiß ich alles wieder. Erinnerungen füllen meinen Kopf, drücken auf meine Brust wie ein schwerer Stein.

Es tut mir leid.

Sie hört mich nicht.

»Bitte!«, ruft sie.

Kannst du mir vergeben?

»Atme! Jetzt!«

Ich würde alles für sie tun, aber meine Lunge hat vergessen, wie es geht. In meinen Kopf kehrt die Finsternis zurück.

»Du darfst nicht aufgeben.«

Also gut, noch einen letzten Versuch. Ich öffne den Mund und schreie ihren Namen. Luft fließt in mich und setzt die Lunge in Brand. Schmerz!

»Noch einmal!«

Ich fange an zu husten. Ein ganzer Stausee an Luft strömt ein und bringt mich zum Würgen.

»Oh, Dany!«

Arme, die mich wiegen, eine Hand, die mein Gesicht streichelt. Mein Körper scheint plötzlich hundert Kilo schwer.

Aber ich lebe!

Ich schaue Madelief an, als sähe ich sie zum ersten Mal.

»Wa… Ha …« Meine Stimme weiß nicht weiter.

»Psst«, beschwichtigt sie mich. »Ich habe die Polizei gerufen. Alles wird gut. Du brauchst keine Angst mehr zu haben.«

Plötzlich ist die Tüte über meinem Kopf wieder da, und ich spüre seine Hände auf meinem Körper. Er muss noch irgendwo hier sein!

»Er … er …«, versuche ich Madelief zu warnen.

»Ganz ruhig«, antwortet sie. »Sie ist bewusstlos.«

TAG: 0

ZEIT: 23:55 Uhr

»Wir bringen dich gleich in die Klinik«, sagt ein Polizist. »Der zweite Krankenwagen ist gleich da. Deine Eltern fahren direkt ins Krankenhaus. Deine Mutter wäre am liebsten gleich durchs Telefon zu dir gekommen.« Er lächelt mich beruhigend an. »Hast du alles verstanden?«

Ich schaue mich in meinem Zimmer um. Überall sind Polizisten. Sie nehmen Dinge in die Hand, stecken Gegenstände in Tüten, machen Fotos. Eine Polizistin hat Madelief von mir weggezogen. Sie sitzen jetzt zusammen an meinem Schreibtisch und reden. Madelief hat ihr Gesicht in den Händen verborgen, und am Zucken ihrer Schultern kann ich sehen, dass sie weint.

»Hast du alles verstanden?«, wiederholt der Polizist.

»Ja.« Ich fühle mich ganz ruhig.

»Im Krankenhaus sind auch Leute von der Opferhilfe.« Er sieht mich ernst an. »Ich würde dir empfehlen, mit ihnen zu sprechen. Es ist nicht ohne, was du da erlebt hast.«

»Stimmt.«

Ich habe gesehen, wie sie in Handschellen abgeführt wurde, gestützt von zwei Polizisten. Sie stöhnte. Obwohl ihre Augen geschlossen waren, hatte ich das Gefühl, sie würde mich doch sehen. Schaudernd habe ich meine Arme um mich gelegt.

Zara.

In all den Stunden in der Finsternis ist mir ihr Name nie in den Sinn gekommen. In meiner Verzweiflung hatte ich nach jemandem gesucht, der mich hasste. Doch als ich sie vorhin sah, begriff ich, dass es gar nicht um Hass ging. Sondern um Liebe.

Warum habe ich vorher nie gesehen, dass sie Dante liebt?

Zwei Männer in grüngelben Uniformen kommen herein. Sie haben eine Trage dabei.

»Hierher!« »Mein« Polizist dirigiert sie zu mir und tritt zur Seite, um Platz zu machen.

»Wir bringen dich ins Krankenhaus«, sagt einer der Sanitäter.

Ich nicke.

Hände tasten mich ab, leuchten mir mit einer hellen Lampe in die Augen, kleben mir Elektroden auf, legen eine Infusion an und heben mich auf die Krankentrage. Fast ist es, als wäre es nicht mehr mein Körper.

Eine Decke wird über mich gelegt, und zwei Gurte werden festgezurrt – einer um die Beine und einer um die Brust. Ich kann mich nicht mehr bewegen.

»Eins, zwei.«

Die Trage wird angehoben. Fremde Gesichter starren mich an und sagen Dinge, die ich nicht verstehen kann. Der Gurt um meine Brust fühlt sich plötzlich so fest an. Ich habe das Gefühl, kaum mehr atmen zu können.

»Wartet!«, rufe ich. »Wartet!«

Die Trage kommt zum Stillstand.

»Fühlst du dich nicht gut?«, fragt der Mann vorn.

»Meine Freundin!« Der Druck auf meiner Brust verstärkt sich. Aus den Augenwinkeln sehe ich wieder schwarze Ränder.

»Blutdruck?«, höre ich jemanden fragen.

»90 zu 45. Sie kollabiert. Gebt mehr Flüssigkeit über die Infusion!«

»Danielle!« Madeliefs Gesicht taucht über mir auf.

Ich hole tief Luft. Und noch einmal. Das Schwarz verschwindet.

»Blutdruck?«, fragt der Mann vorn.

»110 zu 65. Sie ist wieder stabil. Wir können gehen.«

»N-nein«, sage ich leise.

Ich sehe, wie sich die Köpfe der Sanitäter zu mir drehen. Ich sehe sie denken: Hat sie was gesagt?

»Nein«, wiederhole ich, weil ich befürchte, dass sie mich nicht richtig verstanden haben.

»Bitte?«, sagt der Sanitäter an meinen Füßen.

»Ich ... ich ...« Ich schließe kurz die Augen. »D-darf meine Freundin mit ins Krankenhaus?«

Der Mann räuspert sich. »Ich weiß nicht, ob das eine so gute Idee ist. Du bist eben fast ohnmächtig geworden. Sidney?«

»Ihr Blutdruck ist immer noch stabil«, höre ich die Antwort des Mannes an meinem Kopf.

»B-bitte.« Tränen kribbeln in meiner Nase.

Ich sehe, wie der Mann am Fußende zögert.

»Von mir aus«, sagt der andere Mann.

»Dann los«, seufzt sein Kollege.

Alle sehen jetzt Madelief an. Sie starrt zu Boden, als hätte sie das Gespräch nicht mitbekommen. Plötzlich wird mir übel. Sie will gar nicht mit. Sie hat mir noch längst nicht vergeben. Irgendwie bin ich froh, dass sie mich nicht anschaut. Es ist leichter, abgewiesen zu werden, ohne ihren Blick sehen zu müssen.

»Nun, junge Dame, kommst du mit oder nicht?«, höre ich die ungeduldige Frage des Vorderen.

Madelief sieht mich an.

»Natürlich«, sagt sie ruhig. »Danielle ist meine beste Freundin.«

TAG: +122

ZEIT: 10:36 Uhr

»Kommst du mit?« Meine Mutter hält mir die Autotür auf.

»Ja«. Ich steige mit einem Bein ein und bleibe mit dem anderen auf dem Bürgersteig stehen.

»Beeilt euch ein bisschen«, sagt mein Vater. »Ihr müsst auch noch bei Madelief vorbei. Sonst verpasst ihr noch das Flugzeug!«

»Findest du es wirklich nicht schlimm, wenn ich mit Mama in Urlaub fahre?«, frage ich.

»Schlimm? Schlimm?«, wiederholt er. »Schön ruhig, meinst du wohl. Dann habe ich endlich auch mal richtig Urlaub.« Er grinst, aber seine Augen glänzen vor zurückgehaltenen Tränen. Ob er weiß, dass ich sie sehe?

»Wir telefonieren, sobald wir in Antalya angekommen sind«, sagt meine Mutter.

»Schön.«

Papa und Mama lächeln sich an. Das haben sie seit Monaten, vielleicht auch schon seit Jahren nicht mehr getan.

Ich setze mich auf die Rückbank. Zwei Wochen Urlaub in der Türkei. Als meine Mutter fragte, wen ich mitnehmen wollte, wusste ich es sofort: Madelief. Ohne sie wäre ich nicht mehr am Leben.

An jenem Freitagabend war sie mit dem Fahrrad zu mir gefahren – um sich mit mir auszusprechen. »Denn«, so sagte sie später, »mir war wirklich übel, weil wir uns zerstritten hatten. Und dann noch wegen einem Kerl. Das konnte einfach nicht das Ende unserer Freundschaft sein. Außerdem hatte ich auf Instagram gesehen, dass du allein zu Hause warst. Also bin ich gegen elf zu dir gefahren. Ich konnte sowieso nicht schlafen, weil ich mich so schlecht fühlte.«

Als Madelief vor der Tür stand und merkte, dass die Klingel kaputt war, hat sie mich auf dem Handy angerufen. »Ich dachte, du würdest absichtlich nicht drangehen, weil du noch wütend auf mich wärst«, sagte sie. »Ich war sicher, dass du wach warst, weil alle Lichter brannten. Also habe ich euren Reserveschlüssel unter der Fußmatte genommen und bin reingegangen.«

Madelief erzählte mir auch, sie hätte sofort gesehen, dass da was nicht stimmte. »Der Regenschirmständer war umgefallen, und in der Diele war Blut. Aber ich verstand nicht, was da passiert war. Vielleicht warst du ausgerutscht oder so was.« Durch das totenstille Haus ist sie nach oben gegangen. Zum Glück hat sie meinen Namen nicht gerufen. Ich darf gar nicht dran denken, was sonst passiert wäre.

»Deine Zimmertür war offen, und ein Mädchen stand an deinem Bett. Erst dachte ich, du hättest Besuch, aber dann sah ich dich da liegen. Ohne Klamotten, aber mit dieser Tüte über dem Kopf …« Madelief musste weinen, als sie das erzählte. »Von dem Moment an weiß ich alles nicht mehr genau. Der Arzt sagt, ich habe Zara mindestens vier Mal mit dem Golfschläger von deinem Vater geschlagen, aber ich kann mich nur noch daran erinnern, dass sie plötzlich auf dem Boden lag. Ich habe die Tüte von deinem Kopf gerissen und dich angeschrien, du sollst atmen.«

»Danke«, war das Einzige, was ich dazu sagen konnte.

Danke, dass du mein Leben gerettet hast. Danke, dass du noch meine Freundin sein willst. Danke, dass du nicht mehr böse auf mich bist. Danke für alles.

Sie umarmte mich, und ich spürte, dass sie mich verstand.

»Wink deinem Vater noch mal.« Meine Mutter startet das Auto und fährt auf die Straße.

Ich winke. Mein Vater wirft mir eine Kusshand zu. Ich tue, als würde ich seinen Kuss auffangen. Dann biegen wir rechts ab, und mein Vater verschwindet außer Sichtweite.

»Ich freue mich darauf, Liebes«, sagt meine Mutter. »Weißt du, dass es in der Türkei jetzt vierunddreißig Grad sind? Sie haben sogar eine Hitzewelle vorhergesagt.«

Ich nicke und starre aus dem Fenster. Die Strecke, die meine Mutter zu Madelief fährt, kenne ich auswendig. Und ich weiß, dass sie am Ende dieser Straße nach rechts fährt, in die Jacob Obrechtstraat. An Dantes altem Haus vorbei.

Vor zwei Wochen ist er umgezogen. Nach Utrecht. Ein paar Tage vor dem Umzug habe ich ihn noch im Vondelpark getroffen. Er hatte angerufen, um sich zu verabreden. Als ich ihn kommen sah, musste ich mich sehr zusammenreißen, um nicht zu ihm zu rennen. Ich hatte ihn mehr vermisst, als ich mir selbst eingestehen wollte. Und ich empfand auch Scham. Wie hatte ich ihn je verdächtigen können?

Dante gab mir einen Kuss auf die Wange. Einen kleinen, aber ich spürte ihn noch Minuten später.

»Die kurzen Haare stehen dir«, sagte er.

»Danke«, antwortete ich ein wenig unbehaglich. Bei unserem letzten Treffen hatte ich noch Stoppeln.

Wir haben uns auf eine Parkbank gesetzt, übertrieben weit auseinander, als hätten wir Angst, unsere Beine könnten sich berühren. Eine Weile beobachteten wir die Leute, die zu Fuß oder auf dem Rad an uns vorbeikamen.

»Es tut mir leid«, sagte er schließlich. »Aber ich muss umziehen. In dem Haus werde ich noch völlig verrückt. Alles erinnert mich an Zara. Manchmal fühlt es sich so an, als würde sie immer noch dort wohnen. Und dann noch der Stress mit Boaz.«

Dante erzählte, Boaz und er würden nicht mehr miteinander reden. »Es ist wie Krieg. Ich hätte ihm nie die 1500 Euro für den Winterurlaub leihen dürfen.« Seufzend fuhr er sich mit einer Hand durch seine Haare. »Wahrscheinlich kann ich das Geld abschreiben. Ich weiß nicht, wie oft er mir schon versprochen hat, es wieder zurückzuzahlen. Ich bin jetzt echt fertig damit. Dieses Hin und Her kann ich momentan nicht auch noch gebrauchen.«

Ich nickte. Auch der Streit damals auf dem Flur hatte sich um das Geld gedreht.

Eine Gruppe junger Leute radelte lachend und redend an unserer Bank vorbei. Sie wirkten so fröhlich. So sorglos.

»Manchmal habe ich das Gefühl, ich gehöre gar nicht mehr zu dieser Welt«, sagte Dante, während er den Radfahrern hinterher sah. Er seufzte. »Und ich muss dir noch etwas erzählen. Letzte Woche war ich bei Zara in der Klinik.«

Es dauerte ein paar Sekunden, bevor ich begriff, was er da gesagt hatte. Er hatte Zara besucht!

»W-wirklich?«, stammelte ich. Es fühlte sich an wie Verrat.

Dante sah mich an. »Es tut mir leid, Danielle, aber ich musste von ihr erfahren, warum sie es getan hatte. Ich fühle mich so von ihr im Stich gelassen. Sie war meine *Schwester*, verdammt. Kannst du das verstehen?«

Ich zuckte mit den Schultern, weil ich nicht wusste, was ich antworten sollte.

»Es war furchtbar«, fuhr er leise fort. »Sie war vollkommen durcheinander. Sie wiederholte immer nur, sie hätte gesehen, wer du und Florine in Wirklichkeit im Inneren waren, und dass sie auch so werden würde, damit ich auch sie lieben könnte. Ich habe sie nicht wiedererkannt. Als ich wegging, hat sie sich an mich geklammert. Sie rief, sie würde mich lieben und lieber tot sein wollen, als von mir alleingelassen zu werden. Es waren zwei Männer nötig, um sie von mir wegzuziehen.«

Es kam mir vor wie Minuten, bis er weiterredete. »Ihr Psychiater sagt, sie ist in einer Psychose gelandet und hat deswegen den Kontakt zur Wirklichkeit völlig verloren. Sie scheint auch Stimmen zu hören, die sie zwingen, Dinge zu tun. Ihr Psychiater sagte, Psychosen kämen bei Leuten mit Borderline oft vor. Diese Persönlichkeitsstörung muss seiner Ansicht nach in Zaras Kindheit entstanden sein. Er sprach von einer schweren emotionalen Verwahrlosung. Zara hat fast alle Merkmale eines Menschen mit dem Borderline-Syndrom: Selbstverletzung, Verlustangst, extremes Schwarz-Weiß-Denken.« Ich sah so viel Schmerz in Dantes Augen, dass mir kalt wurde. »Meine Pflegeeltern haben den Kontakt zu Zara abgebrochen. Sie glauben, dass sie vom Teufel besessen ist. Irgendwie war ich immer davon ausgegangen, dass ich mir um Zara keine Sorgen machen muss. Ich meine, es waren schließlich *ihre* Eltern. Ich dachte, sie würden sie lieben. Hätte ich damals nur gewusst, wie einsam Zara war. Dann hätten wir uns gegenseitig helfen können. Und dann wäre das alles vielleicht nicht passiert.« Das klang fast entschuldigend, so wie er es sagte.

Stille trat ein.

Ich hätte zu gern Dantes gekrümmte Schultern gestreichelt,

aber ich traute mich nicht. Ob Zara klar war, was sie alles kaputt gemacht hat?

»Und was ist mit den Fasern von deinem T-Shirt?« Ich musste es fragen. »Wie kamen die auf Florines Körper?«

Dante starrte auf seine Füße, als wäre er am liebsten aufgestanden und weggerannt.

»Zara trug ein T-Shirt von mir. Anscheinend hat sie öfter Klamotten aus meinem Schrank genommen, ohne dass ich es wusste. Die trug sie dann und tat so, als sei ich ihr Freund.«

»Lieber Himmel.« Ich ließ die Informationen einen Moment sacken.

Dante wandte sich mir zu. »Wie geht es dir jetzt, Danielle?«

Ich erzählte ihm, dass ich Angst hatte, allein zu Hause zu bleiben. Dass ich jede Nacht von den schrecklichsten Albträumen geplagt wurde. Dass ich mit einem Psychologen redete, um alles zu verarbeiten. Aber dass es auch Lichtblicke gab. Dass ich manchmal ein paar Stunden lang nicht daran dachte. Und dass ich neulich zum ersten Mal einen halben Tag in der Schule gewesen bin.

Er nickte nachdenklich. »Darfst du die Prüfungen wiederholen? Wie ist das eigentlich?«

»Vielleicht, aber das will ich nicht. Ich werde erst mal während der gesamten Sommerferien nichts tun. Danach sehe ich dann weiter.«

»Hätte ich Zara nur nie erzählt, dass wir an dem Samstagabend verabredet waren und du am Wochenende allein zu Hause warst«, sagte Dante düster.

»Du konntest nicht wissen, was sie vorhatte. Du musst aufhören, dir dafür die Schuld zu geben.«

»Das ist leichter gesagt als getan.«

Wieder Schweigen. Ich traute mich nicht, ihm zu erzählen,

dass ich immer noch jeden Tag an ihn dachte und ihn manchmal so vermisste, als wäre ich ohne ihn nicht mehr vollständig.

Dante schaute auf seine Uhr. »Ich muss gehen, sorry. Ich muss noch ein paar restliche Sachen für den Umzug packen.«

»Soll ich dir helfen?« Es rutschte mir raus, bevor es mir richtig klar war.

Ganz kurz sah ich ein Aufleuchten in seinen Augen, aber im Bruchteil einer Sekunde kam der dumpfe, dunkle Blick wieder zurück. »Das ist sehr nett von dir, Danielle. Aber wir hatten vereinbart, uns eine Weile nicht zu sehen. Eine Auszeit zu nehmen. Weißt du noch?«

»Ja«, murmelte ich.

»Das hat nichts mit dir zu tun, aber ich schaffe es kaum allein.«

»Das weiß ich.« Ich stand auf. »Also, dann gehe ich mal. Viel Erfolg beim Umzug.«

»Danke.« Dante stand ebenfalls auf.

Wir schauten uns an. Der Abstand zwischen uns schien Lichtjahre groß. Jeder von uns hockte auf seinem eigenen Planeten aus Schmerz.

»Tschüs.« Ich drehte mich um und ging davon – mit dem seltsamen Gefühl, dass eine Tür hinter mir zuschlug. Ob ich ihn je noch mal wiedersehen würde?

»Warte!«, rief er plötzlich.

»Ja?« Ich blickte über die Schulter zurück.

»Vielleicht kannst du ja mal in Utrecht vorbeikommen.«

Meine Kehle schnürte sich zu. »Wirklich?«

»In ein paar Monaten, oder so. Wenn alles wieder etwas ruhiger geworden ist.«

»Ja, das wäre nett.«

Er nickte. »Pass auf dich auf.«

»Tschüs«, antwortete ich noch einmal, aber dieses Mal klang es nicht wie ein definitiver Abschied.

»Wir sind da«, sagt meine Mutter. »Rufst du Madelief kurz an und sagst, dass sie rauskommen soll?«

»Nicht nötig, Mam, da ist sie schon.«

Die Haustür geht auf, und Madelief kommt in einem knallbunten Sommerkleid zum Vorschein. Über ihrer Schulter hängt eine große Tasche, die sie in den Kofferraum stopft.

Ich lasse das Fenster ein Stück runter und rufe: »Huhu! Beeil dich mal!«

Die Tür neben mir wird aufgerissen, und Madelief setzt sich auf die Rückbank. Warme Luft strömt ins Auto.

»Hallo«, sagt sie fröhlich.

»Hast du deinen Pass?«, fragt meine Mutter, während sie das Auto startet.

»Ja.« Madelief schwenkt ihren Pass zum Beweis.

»Schön.« Meine Mutter zwinkert uns im Rückspiegel zu. »Dann kann uns ja nichts mehr aufhalten.«

»Antalya, here we come!«, johlt Madelief. Sie fischt eine Tüte Lakritz aus ihrer Tasche. »Guck mal, von Loulou und Robin für den Flug. Ich soll dich von ihnen grüßen.«

»Wie lieb«, sage ich. Loulou und Robin sind vor ein paar Wochen bei mir gewesen, damit wir uns aussprechen konnten. Ich weiß nicht, wie oft wir gegenseitig Sorry gesagt haben. Schließlich mussten wir uns schütteln vor Lachen und haben uns versprochen, uns nach dem Urlaub zu treffen.

Mit Stan habe ich hin und wieder noch Kontakt. Er würde am liebsten bei mir einziehen, um mich vor allem Bösen dieser Welt zu schützen. Zum Glück habe ich ihm diesen Plan ausreden können. Und ja, er kannte Florine flüchtig vom Studium. Aber sie hatten nie ein Wort miteinander gewechselt.

Meine Mutter nimmt die Ausfahrt zum Flughafen Schiphol. Sie erzählt von den vielen Schwimmbädern, über die unser Hotel verfügt. Madelief präsentiert ihre neue Sonnenbrille, und im Radio läuft ein neuer Song von Billie Eilish. Es sind kleine, selbstverständliche Dinge, aber sie fühlen sich so gut an. Mein Gesicht spiegelt sich im Seitenfenster, und ich sehe, dass ich lächele.

TRIGGERWARNUNG

(Achtung: Spoiler!)
»Himmel oder Hölle?« enthält Elemente, die triggern können. Diese sind: Körperliche Gewalt, Soziale Angst, Mord, versuchter Mord, Tod, Sexueller Missbrauch, Toxische Beziehung, Borderline, Stalking

LESEPROBE

Valentina Fast

SECRET ACADEMY

VERBORGENE GEFÜHLE

1. Kapitel

Ich spürte die Anwesenheit einer anderen Person, noch bevor ich sie sah. Es war, als würde das Gefühl sich über meine Haut schlängeln, direkt in meine Poren hinein und mein Herz ein klein wenig schneller pumpen lassen. Meine Finger umschlossen die kleine handliche Waffe fester, die sich durch meine Berührung bereits warm und nicht mehr so fremd anfühlte. Pistolen waren zwar praktisch, aber ich war eher ein Freund von einem fairen Kampf.

Doch meine Befehle lauteten anders, und deshalb schlich ich jetzt durch das alte, leerstehende Hotel. Ich war nicht allein, vor wenigen Minuten erst hatte ich mich von meinem Partner getrennt, der in die entgegengesetzte Richtung des Flurs geschlichen war. Wir hatten in den unteren zehn Etagen schon viel zu viel Zeit vergeudet, und laut der schmalen Uhr an meinem Handgelenk würde in weniger als zehn Minuten das gesamte Gebäude in die Luft fliegen, wenn wir nicht endlich diese verdammte Bombe fanden!

Dies hier war die letzte und oberste Etage – eigentlich ein blöder Ort für einen Sprengsatz. Ich persönlich hätte sie ja im Keller deponiert. Und genau diese Annahme hatte uns wertvolle Zeit gekostet. Wenn wir sie nicht rechtzeitig entschärften, würde ich an allem schuld sein!

Ich lief ein wenig schneller und achtete gleichzeitig darauf, weiterhin lautlos zu bleiben. Die nächste Tür stand offen, und ich blieb nur einen Moment lang stehen, bevor ich den Raum betrat und sicherstellte, dass sich weder eine Person, noch die Gefahrenquelle darin befanden.

Schweiß lief mir über die Stirn, und ich atmete seit meinem vorherigen Aufeinandertreffen mit den zwei Terroristen noch immer viel zu schnell. Meine Seite brannte, weil mich einer von ihnen mit einem Messer erwischt hatte, aber wenigstens lagen sie nun ausgeschaltet in einer Abstellkammer.

Je weiter ich kam, desto deutlicher spürte ich die Anwesenheit einer weiteren Person. Sie schien entspannt – soweit ich das ausmachen konnte – und einmal mehr war ich unsagbar dankbar für meine Kräfte. Genauso wie für diesen Teppichboden, der meine Schritte zusätzlich dämpfte.

Mein Atem beruhigte sich langsam, und ich wusste, dass Panik mir überhaupt nichts bringen würde. *Ich bin eine gut ausgebildete Agentin. Ich bin mutig. Ich bin stark. Ich gehöre zu einer der geheimsten Organisationen, die es auf der Welt gibt. Ich bin–*

Plötzlich ertönte eine Sirene. So laut, dass ich zusammenzuckte und mich in einen Türrahmen duckte, während ich mich umsah. Der schrille Sirenenton kam von einer rot blinkenden Lampe an der Decke, nur wenige Meter von mir entfernt. Ich hob meinen Arm und zielte auf das Licht, in der Hoffnung, dass die Sirene dann verstummen würde. Doch im nächsten Moment gingen die Lichter an und tauchten den Flur in gleißendes Licht.

»Verdammter Mist! Nein! Zur Hölle!« Deans Gebrüll hallte durch den gesamten Flur, und ich sackte schockiert in mich zusammen, als mir klar wurde, dass wir versagt hatten.

Im nächsten Moment veränderte sich der Raum, wurde völlig schwarz und wieder zu dem Simulationsraum, den wir vor einer gefühlten Ewigkeit betreten hatten. Das Gefühl, eine andere Person in der Nähe zu haben, verflüchtigte sich, und auch der letzte Rest der Simulation verblasste. Ich wusste nicht, wie sie es schafften, aber unsere Ausbilder konnten selbst unsere mentalen Kräfte während einer Übung herausfordern. Normalerweise war dies kein Problem, denn ich ließ mich nicht so schnell ablenken. Doch dieses Mal war etwas gründlich schief gegangen.

Ich zwang mich, meine Scham und Fassungslosigkeit zu unterdrücken, auch wenn es das erste Mal seit einem Jahr war, dass einer von uns bei einer Simulation versagt hatte. Dean und ich waren die Besten in diesem Fach. Es wurden sogar schon Wetten geführt, wer von uns zuerst eine Simulation versaute. Aber dass uns dies gleichzeitig passieren würde, hätte vermutlich niemand gedacht. Ein leises, erbostes Schnaufen entfuhr mir, und ich zerrte die Simulationsbrille von meinem Kopf.

»Sehr schön«, schallte die höhnische Stimme unseres Einsatzleiters und Chinesischlehrers Mr Turner durch die Halle. Wut schlug mir entgegen, und sie war so stark, dass ich mich innerlich daran erinnern musste, dass es nicht meine eigene Wut war. Ich hob meinen mentalen Schild an und sperrte sie aus. »Wäre dies ein echter Auftrag gewesen, dann könnte man von euch jetzt nichts anderes mehr als Blutflecken unter dem Schutt des Hotels sehen!«

Ich hörte von hinten nahende Schritte und spürte Verärgerung, jedoch nur ganz leicht – wie immer, wenn es um Dean ging. Seine Gefühle und die einiger anderer Trainees konnte ich nur dann wahrnehmen, wenn sie besonders intensiv waren.

Dean war – ebenso wie ich – Trainee in der Akademie des MI20 und zwei Jahre älter als ich. Er war stark, sehr stark sogar, denn das Serum hatte ausschließlich körperlich bei ihm gewirkt.

Eigentlich waren wir ein verdammt gutes Team, mehr

noch, wir waren auch getrennt voneinander die Besten in den Simulationen. Egal wem wir zugeteilt wurden, wir schafften sie immer. Ich hatte keine Ahnung, wieso ich so dickköpfig gewesen war und darauf bestanden hatte, dass die Bombe im Keller sein musste. Das würde er mir ewig vorhalten!

»Am liebsten würde ich euch morgen gar nicht erst mitfahren lassen!« Mr Turner brüllte weiter und bekam einen hochroten Kopf, während ich Wut und Fassungslosigkeit in seinen Augen sah. Seine grauen Haare waren militärisch kurz geschnitten, und dennoch wirkte er deutlich jünger als seine achtundvierzig Jahre. »Heute habt ihr auf ganzer Linie versagt!«

Ich zwang mich, nicht zusammenzuzucken und seinen Blick zu erwidern. Ich wusste, dass es ihn nur noch wütender machte, wenn ich meine Augen abwenden würde. Dennoch spürte ich Nervosität in mir aufkommen, als seine Drohung sich in mein Bewusstsein drängte. Das konnte er nicht machen! Morgen hatten wir unseren ersten wichtigen Auftrag, und das durfte er uns nicht wegnehmen. Seit vier Jahren arbeiteten wir auf diesen Augenblick hin, und das konnte er uns nicht wegen eines einzigen Fehlers wegnehmen. Immerhin würde sich dieser Auftrag auf unsere Abschlussprüfungen auswirken.

Mr Turner drehte sich zu Dean und wurde sichtlich ruhiger, als hätte er entschieden, dass die Standpauke genug war. »Mr Nolan, für Ihre schlampige Arbeit haben Sie heute nach dem Abendessen die Ehre, die Sporthalle zu wischen.«

Unser Lehrer wandte sich mir zu, im selben Moment, als Dean sich neben mir anspannte. »Und Sie, Miss Young, hatten zwar das richtige Gespür für die Bombe, aber da Sie nicht darauf gepocht haben, weiter im Keller zu suchen, werden Sie sich mit ihrem Teamkollegen die Strafe teilen!«

Ich nickte knapp, zu überrascht, um etwas zu sagen. Ich hatte tatsächlich Recht gehabt! Aber was war dann schiefgelaufen? Wir hätten sie finden müssen!

»Jetzt verschwinden Sie hier und denken darüber nach, wie dumm dieser heutige Fehler war!« Er wirbelte herum und stampfte voraus.

Wir folgten ihm schweigend zur Tür, die kaum von dem Rest des völlig schwarzen Raumes zu unterscheiden war, in dem so viel Technik versteckt war, dass man damit sicher zum Mond fliegen könnte. Mr Turner stieß sie auf, und das helle Licht aus dem Überwachungsraum strahlte mir ins Gesicht, aber meine Augen gewöhnten sich innerhalb weniger Millisekunden daran.

Im Gegensatz zu der Schwärze des Simulationsraumes war der Überwachungsraum völlig in Weiß gehalten. Das Einzige, was sich davon abhob, waren die vier Schreibtische an der Wand, sowie einige Monitore und Stühle. Auf diesen saßen unsere letzten beiden Klassenkameraden und warteten darauf, ihre Simulation durchzuführen. Es war immer eine andere, sodass niemand vorher wusste, was ihn erwartete. Alle anderen Trainees waren schon vor uns dran gewesen und hatten bereits Freizeit.

Als sie uns eintreten sahen, sprangen Vivien und Thomas auf und folgten Mr Turner in den Simulationsraum. Unser Lehrer war der Einzige, der drinbleiben durfte. Und das auch nur für den Fall, dass jemand aufgrund der realistischen Darstellung durchdrehte. Das passierte jedem Trainee früher oder später, aber meistens im ersten Ausbildungsjahr.

Thomas grinste mich im Vorbeigehen an, bevor er hinter sich die Tür schloss und uns beide alleine zurückließ. Völlige Stille umgab uns, und ich atmete laut aus, um sie zu durchbrechen. Bedächtig ging ich zu dem weißen Schrank neben der Tür und legte meine Simulationswaffe in eine rote Box zu den übrigen, bevor ich meine Simulationsbrille in die dafür vorgesehene blaue Box legte. Schließlich ging ich zu einem der Schreibtische, um mir die letzte aufgenommene Übung anzusehen. Rechts auf dem Bildschirm sah ich einen Grundriss der Welt, in der wir uns vorhin vermeintlich befunden hatten, und links sah man das Bild, das auch ich durch die Brille gesehen hatte. Ich setzte mich, zog meine Beine an und klickte auf *Play*, während ich gleichzeitig Dean wahrnahm, der sich an den Schreibtisch neben meinem setzte.

Da ich keine Wut mehr aus seiner Richtung spürte, ging ich davon aus, dass er sich wieder ein wenig beruhigt hatte. Oder zumindest so weit, dass seine Emotionen nicht stark genug waren, um mich zu erreichen.

Ich konzentrierte mich auf das Bild, das auf dem Monitor vor mir abgespielt wurde. Dort sah ich mich selbst auf dem oberen Teil des Bildschirms und Dean auf dem unteren Teil. Zunächst liefen wir noch hintereinander durch die dunklen Flure des Hotels, bis wir uns trennten, um schneller die Zimmer überprüfen zu können.

Auf der Karte blinkte ein roter Punkt, der mir anzeigte, wo sich die vermeintliche Bombe befunden hatte. Es war einer der Räume, die Dean gesichert hatte.

Ich schluckte und konzentrierte mich auf sein Bild. Er machte alles richtig, bis zu dem Moment, als er in den besagten Raum kam. Doch er zögerte an der Tür, schaute zu Boden, als würde er etwas suchen – bevor er aus dem Raum wieder herausging, ohne sich richtig umgesehen zu haben.

»Wow«, stieß ich aus und drehte mich mit dem Stuhl zu Dean, ohne mir den Rest der Aufzeichnung anzusehen. Ein leichtes Zittern durchfuhr mich, als mir klar wurde, dass die Bombe nicht einfach super gut versteckt gewesen war, sondern dass Dean sich von irgendwas hatte ablenken lassen. Und sich ablenken zu lassen, war einem Todesurteil gleichzusetzen. »Was war los?«

Deans blaue Augen fixierten den Monitor, und obwohl er ruhig wirken wollte, hob und senkte sich seine Brust ein wenig zu schnell. Ich wusste, dass er sich schämte, dass er es hasste, derjenige von uns beiden zu sein, der für den Fehler verantwortlich war. Doch ich *musste* es wissen.

Er presste kurz seine Lippen zusammen, bevor er mir knapp antwortete. »Ein dummer Fehler.«

Ich lehnte mich in dem Sessel zurück und starrte den Einundzwanzigjährigen mit dem dunkelbraunen Haar an, der seit dem ersten Tag der Ausbildung mein größter Konkurrent war. »Erzähl mir bitte, welcher *dumme Fehler* unser beider Schnitt versaut hat.«

Er wandte seinen Kopf ab, als würde er nicht wollen, dass ich die Wahrheit in seinen Augen sah. Dabei war es nicht so, dass ich Gedanken lesen konnte – ich nahm lediglich die Gefühle anderer Menschen wahr. Auch wenn ich Deans Gefühle nicht so gut lesen konnte wie die unseres Lehrers, kannte ich ihn dennoch gut genug, um zu wissen, dass ihm meine Fragen jetzt gerade unangenehm waren. Sollten sie auch!

Er schluckte und setzte sein Pokerface auf. »Mein Handy hat vibriert.«

»Was?« Ein wütendes Zittern ergriff von meinen Händen Besitz. »Du hast dich von deinem *Handy* ablenken lassen? Das ist doch ein schlechter Scherz! Wieso hattest du es überhaupt dabei?«

Der Auftakt einer neuen fesselnden Dilogie von Erfolgsautorin Valentina Fast!

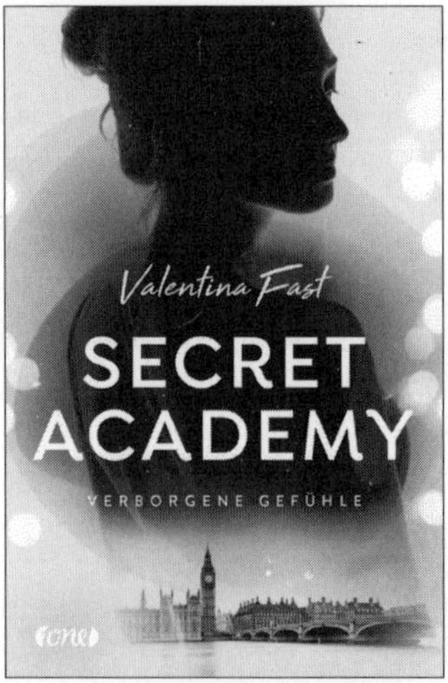

Valentina Fast
SECRET ACADEMY
Verborgene Gefühle

448 Seiten
ISBN 978-3-8466-0106-8

Als angehende Agentin der Londoner Secret Academy – einer Schule für Menschen mit außergewöhnlichen Begabungen – steht die 19-jährige Alexis im Dienst der Krone. Als sie jedoch erfährt, dass ihre kleine Schwester entführt wurde, wirkt auf einmal jeder in ihrem Umfeld verdächtig. Alexis kann niemandem mehr trauen. Nicht ihrem Mitschüler Dean, und erst recht nicht dem Neuen, der Ärger magisch anzuziehen scheint. Doch als ihr klar wird, dass es um mehr als die Rettung ihre Schwester geht, muss sie sich entscheiden. Für die Pflicht – oder für ihr Herz.

ONE